Judith Schalansky

Blau steht dir nicht   **mare**buchverlag

Matrosenroman

marebibliothek
Autoren erzählen ihre Geschichte vom Meer
Herausgegeben von Denis Scheck
Band 35

«Auf der Schiffsbrücke stand mit gespreizten Beinen und wehenden Mützenbändern ein Matrose und machte mit zwei bunten Flaggen komplizierte semaphorische Zeichen in die Luft.»

        W. G. Sebald, *Schwindel. Gefühle*

Kapitel 1

Ihre Großeltern wohnten am Meer. Sie wurden nie müde, zu betonen, dass sie dort wohnten, wo andere Urlaub machen. Die Großmutter sagte es auch an diesem Morgen, als sie dem Großvater auf der Veranda Kaffee nachschenkte. Er stoppte sie mit einer Handbewegung. Neben ihm nickte Jenny, wippte ein wenig auf ihrem Stuhl und schaute aufs Fensterbrett. Dort waren die Schätze der Großmutter sorgfältig aufgereiht: eine Holzpuppe aus Ungarn, eine Vase mit blauäugigen Pfauenfedern, eine flammenfarbene Korallenkette in einer offenen Schatulle, zusammengerollt wie eine Schlange. Etwas abseits lag ein Seeigel. Er war hohl, und nur ein umlaufendes Netz von buckligen Poren verriet, wo einmal seine Nadeln gewesen waren. Mit der Zeit waren sie abgefallen, ein Haufen nutzloser schwarzer Spitzen.

Tag für Tag hatte die Großmutter sie auf ihren nachmittäglichen Rundgängen vom Fensterbrett gesammelt, zusammen mit welken Blüten und trockenen Zweigen. Irgendwann war der Seeigel nackt, ein versteinertes Überbleibsel. Er stammte aus Jugoslawien. Vor Jahren, noch bevor das Mädchen auf der Welt war, hatte die Großmutter kranke Kinder auf Kur betreut, Kinder mit schweren Erkrankungen der oberen Atemwege. Es war das einzige Mal, dass sie geflogen war. In einer Schublade verwahrte sie wie zum Beweis eine schwarzweiße Postkarte. Das Foto zeigte ein Flugzeug vor einem flachen Neubau und uniformierte Damen mit Sonnenbrillen, die von einer angedockten Flugzeugtreppe winkten wie eine Delegation zum Jahrestag.

Jenny hatte überlegt, ob sie sich gerade auf die Reise machten oder nach Hause kamen. Die Großmutter hatte erzählt, dass man in Jugoslawien beim Schwimmen Seepferdchen sehen konnte, kleine Schwärme tanzender Striche in einem blaugrünen Meer, durchsichtig wie Götterspeise. Das Seepferdchen war das Wappentier von Zinnowitz, ein zierliches Exemplar. Gelb lächelte es von tiefblauem Grund, von zappelnden Wimpeln am Rondell auf der Promenade, von Nickis, die in einem Kioskschaufenster auslagen, von der Tür der Gemeindeverwaltung, wo die Urlauber Kurtaxe zu zahlen hatten. Im Meer aber hatte Jenny noch nie eins gesehen, obwohl sie, seit die Großmutter von ihnen erzählt hatte, oft nach ihnen Ausschau hielt.

«Ja, wir wohnen da, wo andere Urlaub machen», wiederholte der Großvater, legte die dünne Ostsee-Zeitung beiseite und schaute aus dem Fenster, als ob dort das Meer zu sehen wäre.

Die Wohnung der Großeltern lag im ersten Stock einer schlanken Villa. Jenny reckte ihren Kopf. Draußen öffnete die Nachbarin das Gartentor und trat auf die hügelige Straße. Sie trug einen mit violetten Blumen übersäten Kittel, der von den Schultern herabhing, als ob er den hageren Körper darunter nicht mehr berührte. Ihr Hund sprang bellend an ihr hoch. Am Himmel kreischten ein paar Möwen, aber vom Wasser war nichts zu sehen, nichts zu hören. Der Spülsaum des Meeres war einen knappen Kilometer entfernt, genauso weit weg wie das Schilf des Achterwassers, eine Ausbuchtung des Peenestroms, der die Insel vom Festland trennte.

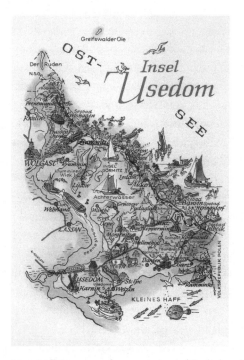

Das Achterwasser begann ganz plötzlich, ohne eine einstimmende Düne oder einen Kiefernwald. Es lag am Ende einer Kopfsteinpflasterstraße im Unterdorf, ausgebreitet und unscheinbar. Im Frühjahr hatte sie mit dem Großvater einmal auf dem Steg bei den Anglern gestanden und auf die leblosen Fäden gestarrt. Einen langen Augenblick hatten alle geschwiegen. Selten, dass Erwachsene miteinander schweigen, hatte Jenny gedacht. Sie hatte aufs Wasser geschaut und nicht glauben können, dass unter der blanken Oberfläche irgendetwas lebte. Es bewegte sich einfach nichts. Selbst die Schilfrohre standen im Uferschlamm, als wären es Stöcke, die jemand dort hineingesteckt hatte. Schließlich hatte Opa auf Platt ein paar Bemerkungen gemacht. Über die Fische, das Wetter und den Wind, obwohl hier kein Lüftchen zu spüren war. Einer der mürrischen Männer hatte einsilbig geantwortet und dabei ruckartig den Kopf bewegt, wie eine Pose, wenn ein Fisch anbeißt. Er trug die gleiche Mütze wie viele Männer auf der Insel. Das mit dunklem Cord bespannte Modell saß auch auf der zurückgekämmten Haartolle des Großvaters. Mit dem schwarzen Schirm sah es fast aus wie eine Kapitänsmütze. So viele Kapitäne, und weit und breit kein Schiff. Jenny schaute auf eine kleine Armada von Ruderbooten, die ein Stück weiter nördlich in einem mit Holzpflöcken abgetrennten Becken lagen, festgebunden und halb mit Wasser gefüllt. Darüber zog sich eine Landzunge ins Wasser. Es war die Halbinsel Gnitz, auf der Erdöl gefunden wurde. Die Pumpen arbeiteten das ganze Jahr, nickten Tag und Nacht.

Der Großvater hatte die rechte Hand aus der Lederjacke genommen und übers Brackwasser gezeigt. «Da ist das Festland», hatte er zu ihr gesagt. Aus dem Schilf am anderen Ufer ragte der stumpfe Kirchturm von Wolgast, dessen Spitze vor langer Zeit ein Brand zerstört hatte. Er war nicht weit weg.

Jenny fand das Achterwasser langweilig. Es unterschied sich nicht von den Seen auf der Insel oder dem Feuerlöschteich neben dem Bahnhof von Wolgast. Es gab immer eine andere Seite. Mit bloßem Auge war sie zu erkennen. Bei den vielen Binnenseen der Insel genügte ein langer Spaziergang, um sie zu umrunden. Sie hatte oft gerätselt, warum diese Gewässer *See* hießen. Für sie waren es mit Wasser gefüllte Gruben. *Die See* aber war nur das offene Meer, wo der Horizont bis an den Himmel reichte. Die Einzahl *die See* ließ keinen Zweifel, dass sie einzig war, und Jenny sah dieses eine Weltmeer die Küsten aller Inseln und Länder verbinden, bis nach Jugoslawien reichen, wohin die einst hier heimischen Seepferdchen vor Jahrhunderten ausgewandert oder vielmehr ausgeschwommen sein mussten.

Opa gab das Zeichen, und sie rutschte vom Stuhl.

«Seid ihr auch eingeschmiert?», fragte die Großmutter, als die beiden im Flur Sandalen anzogen.

«Ja», riefen sie schnell im Chor. Aber es half nichts. Schon verteilte die Großmutter weiße Creme in Jennys Gesicht. «Zur Sicherheit», sagte sie besorgt.

Endlich zogen sie los. Die Großmutter blieb, sie kümmerte sich um den Haushalt.

Um nicht durch den von Urlaubern überfüllten Ort gehen zu müssen, nahmen sie den Weg durch den Wald. Hier kamen ihnen nur Leute entgegen, die der Großvater grüßte. Kurz berührte er mit dem Zeigefinger den Bund seiner Kapitänsmütze, die er selbst bei der Hitze nicht absetzte. In der Linken trug er eine Basttasche mit Handtüchern. Jenny hielt den Windschutz umklammert. Sie war kaum größer als das Bündel von grauen Kunststoffröhren, die ein geblümter Stoff zusammenhielt. Wie tiefliegende Lederknöpfe saßen ihre Augen unter der halbrunden Linie ihres Ponys, die ihre Mutter monatlich erneuerte. Ein forderndes Mittelpunktkind, immer vorneweg, gut zu Fuß, wie der Großvater sagte.

Bald fing er an, Fragen zu stellen. Wie hoch die Wellen heute wohl seien. Wie warm das Wasser. Wie weit die Sicht. Jenny überlegte, ob bei starkem Wellengang die Sicht eher gut oder schlecht war, ob Wellen in warmem Wasser höher als in kaltem oder ob die Sicht bei hoher Wassertemperatur weiter reichte. Zwischen diesen Möglichkeiten musste es einen Zusammenhang geben. Eins musste das andere nach sich ziehen, bestimmt waren zwei Antworten zusammen wahrscheinlicher, machte eine die andere ein klein wenig möglicher.

«Ich tippe auf mittleren Seegang», sagte der Großvater und schaute sie herausfordernd an. «Eine sehr gute Sicht», fuhr er fort, und Jenny nickte. «Und» – er hielt einen Moment inne und sagte dann, noch bevor sie zu einem Ergebnis gekommen war, als ob er damit alles auf eine Karte setzte – «und eine Wassertemperatur von achtzehn Grad Celsius.»

Er liebte das Schätzen, das Tippen, das Vermuten. Im Winter spielte er Toto und im Sommer Kniffel, dazwischen Skat in Herrenrunden und Mühle mit der Großmutter. Für ihn war das Spielen eine Rechnung, die er machte, eine Gleichung mit Variablen, ein Einschätzen von Wahrscheinlichkeiten. Er unterrichtete Mathematik in der einzigen Oberschule des Ortes. Vor ein paar Wochen hatte er die Zeugnisse verteilt. Jenny stellte sich vor, wie sich in einem heißen Klassenzimmer alle Augen auf ihn richteten, keiner ein Wort sagte und der Großvater ein Heft nach dem anderen von einem Stapel nahm, dabei Namen vorlas, wie sich die Kinder nach und nach erhoben – die besten zuerst, die schlechtesten zuletzt – und, nachdem kein Heft mehr übrig war, er den Klassendurchschnitt nannte und die Jungen und Mädchen mit einer Rätselaufgabe in die großen Ferien schickte.

Der Windschutz grub sich immer tiefer in Jennys linke Schulter. Aber sie wechselte die Seite erst bei der Esskastanie, wie sie es sich vorgenommen hatte. Von dort war es nicht mehr weit. Bald erreichten sie die Kiefern, die der Großvater *Windflüchter* nannte. Tatsächlich waren sie vom Seewind schief und krumm und schielten nun in eine Richtung. Sie kümmerten sich nicht um die Symmetrie anderer Nadelbäume und taugten nicht zum Weihnachtsbaum. Ihre vielen kleinen Nadeln dämpften die Schritte. Jenny musste an den dicken Teppich in der Empfangshalle vom *Roten Oktober* denken. Das riesige Ferienheim der Wismut lag am anderen Ende des Ortes, ein breiter Kasten, dessen unzählige Fenster wie Schließfächer blind aufs Meer starrten.

Dass diese Fassade nicht rot, sondern hellblau wie ein Schwimmbecken war, stellte Jenny vor ein Rätsel wie die Seen auf der Insel und das Seepferdchen auf dem Wappen. Auch herrschte im *Roten Oktober,* durch das sie ab und an gingen, eine merkwürdige Stimmung: Im meist leeren Fo-

yer standen blausamtene Clubsessel, die miteinander zu reden schienen, und die Luft war schwer von Parfüm. Für Jenny war der *Rote Oktober* ein Widerspruch, so unlogisch wie die fadenscheinigen Erklärungen der Erwachsenen, wenn sie forderten, ohne Widerrede ihre Befehle zu befolgen. Denn auf jedes Warum folgte ein Darum, und die Tatsache, dass es keinen erkennbaren Grund für den Namen *Roter Oktober* gab, bewies die Macht aller Darums. Dieses Darum war die Geheimwaffe der Erwachsenen. Auch als Jenny die Mutter fragte, warum der Vater im Wohnzimmer schlief, hatte sie nichts anderes gesagt. Nur der Großvater sagte niemals Darum.

Die Nadeln lichteten sich, und dahinter leuchtete der feine Ostseesand, auf den die Großeltern so stolz waren, als hätten sie ihn vor vielen Jahren dorthin getragen und mit Schubkarren nach und nach aufgeschüttet.

Sie zog ihre Sandalen aus, band die Riemchen aneinander und ließ sie zwischen Daumen und Zeigefinger baumeln. Wortlos griff Opa den Windschutz und folgte dem

Pfad über die Düne. Jenny stapfte hinterher, langsam, die Augen auf ihre nackten Zehen gerichtet, die sie bei jedem Schritt tiefer in den Sand bohrte. Man konnte das Geschrei der Menschen und das Rauschen des Meeres hören. Jetzt würden sich Opas Fragen klären. Sie wartete noch einen Moment, hob schließlich den Kopf, schaute hoch.

Vor ihr lag das blaue Feld. Sie drehte sich nach beiden Seiten, um seine Größe ganz zu erfassen, ein Panorama mit drei Streifen. Unten Sand, darüber zwei Abstufungen von Blau, in der Mitte das dunkle. Schaumkronen hüpften wie kleine Papierboote, die immer wieder kenterten. Sie kniff die Augen zusammen und suchte den breiten Streifen mit den Augen ab, um auszumachen, ob die Wellen irgendwo endeten und das Wasser eben wurde. Immer wieder entdeckte sie einen neuen Glanzpunkt, der eine ferne Welle, aber auch nur eine Spiegelung der Sonne sein konnte.

«Hier bin ich», rief Opa und winkte ihr zu. Er hatte sich bereits ausgezogen, ein braungebrannter Körper im bunten Gemenge von Menschen, Bällen, Handtüchern. Der Strand war voll. Die ganze Republik machte Sommerferien. Das Meer teilten die Einheimischen jetzt mit den Urlaubern. Der Großvater stellte den geblümten Windschutz auf und achtete darauf, dass eine kleine Ecke für die Proviantüte im Schatten lag. Dort ließ Jenny die Sandalen fallen und begann sich auszuziehen.

Am Strand waren alle nackt. Angezogen blieben nur ein paar verklemmte Sachsen und die Kinder vom katholischen Sankt-Otto-Heim. Sie bauten ihre Burgen hinter einem Schild auf einem abgesteckten Strandbereich und wechselten ihre Kleidung unter Handtüchern. Die Plastiktüten raschelten, wenn sie ihre nassen Badesachen hineinsteckten.

Der Großvater lugte über den Windschutz und testete die Sicht. Er hatte recht gehabt und sah zufrieden aus. Das Wetter war klar und der Horizont eine scharfe Kante im Blickfeld. Auf ihm thronte links die Insel Oie mit dem Leuchtturm. Heute schien sie so nah, als ob man hinüberschwimmen könnte. Aber manchmal war sie im grauen Verlauf zwischen Wasser und Himmel versunken. War die Oie zu sehen, war die Sicht gut. Wenn nicht, schlecht.

«Gute Sicht heute», sagte der Großvater triumphierend und zeigte auf die Oie. Die kleine Insel war für Besucher gesperrt. Die Boote der Fischer und Segler machten an dem Leuchtturm keinen Halt. Die Oie gab es nur für die Ferne. Ein Zeichen für die Schiffe und für Opas Sichtverhältnisse. Eigentlich war nicht klar, ob es die Oie wirklich gab. Hatte Opa nicht von Fata Morganas erzählt, Inseln, Oasen, die im Hitzeflirren auftauchten und sich beim Näherkommen auflösten? Vielleicht war die Oie auch nur eine Fata Morgana und würde verschwinden, wenn sich jemand ihr näherte. Jenny hätte es gerne herausgefunden, aber die Großeltern besaßen kein Boot. Nicht einmal eines der kleinen Ruderboote auf dem Achterwasser. Jenny kannte auch keine Menschen mit Boot. Nur das Ehepaar Anger, Freunde der Großeltern, hatte eine Jolle. Jenny hatte das kleine Segelboot einmal mit dem Großvater besucht. Frau Anger räumte gerade den Proviant in die Kajüte. Herr Anger hantierte mit dem Segel, einem weißen Tuch, das Jenny gern mal berührt hätte. Sie blieb mit dem Großvater auf dem Steg und versuchte, sich die Knoten zu merken. Sie wusste, dass die Knoten wichtig waren. Dass es für jedes Tau, jedes Schiff einen passenden Knoten gab, bestimmt sogar für jede Sicht und jeden Seegang. Sie wäre gern mitgefahren. Sogar aufs langweilige Achterwasser. Doch noch bevor Herr Anger die Leinen losgemacht hatte, war der Großvater mit ihr nach Hause gegangen, wo die Großmutter mit dem Kaffee gewartet hatte.

Ihre Familie war unbeweglich. Ihr Vater fuhr keinen Mähdrescher bei der LPG. Ihre Mutter lenkte keinen Kran oder Trecker. Die Eltern Jennys, beide Lehrer in Greifswald, besaßen kein Auto. Zur Arbeit fuhren sie mit dem Bus. In der Schule hatte sie nichts gesagt, als die anderen Kinder die Gefährte der Eltern aufzählten. Wie beim Spielen mit Autokarten ging es darum, sich mit Kombinationen aus Buchstaben und Zahlen gegenseitig zu überbieten. Mandy Sanders nannte den RS-Null-Neun, andere Kinder in der Runde konterten mit dem W-Fünfzig oder dem ZT-Dreihundertdrei. Wenn jemand *Kasimir* sagte, wurde es still. Der Kasimir hieß eigentlich K-Siebenhundert und hatte Zwillingsreifen, so groß wie ein Mann.

Wenn ein Kasimir die Dorfstraße entlangbrauste, fuhren die Trabis, Wartburgs, Ladas auf der Gegenfahrbahn an den Straßenrand und ließen ihn vorbei. Jenny hatte mal gehört, dass der Kasimir so stark war, dass er ein Flugzeug ziehen konnte.

«Der Kasimir ist so stark, dass er ein Flugzeug ziehen kann», hatte sie in das Schweigen hinein gesagt.

Ihre Familie ging zu Fuß. Sie warteten auf Busse. Sie fuhren mit dem Zug. Die Reise zu den Großeltern war umständlich. Sie kletterten unter Schranken durch, die Balken, die sich zum Glockenschlag auf die stählernen Gabeln senkten, rot-weiß gestreift wie Zuckerstangen auf dem Weihnachtsmarkt. Schaffner kauten auf ihren Trillerpfeifen. Zugführer lehnten ihre Ellenbogen aus der Luke. In ihren blauen Kitteln sahen sie aus wie Hausmeister. Die Bahn endete in der Kreisstadt Wolgast auf dem Festland, wo ihre Familie wie alle Urlauber ihre Koffer über die hellblaue *Brücke der Freundschaft* auf die Insel trugen. Drüben angelangt, bestiegen sie einen anderen Zug, der, von einer Dampflok gezogen, alle paar Stationen hielt, um Wasser zu tanken. Jenny sah durch das Fenster, wie die Flüssigkeit in das schnaufende, schwarz glänzende Ungeheuer gefüllt wurde. Die Eltern wollten eine Woche mit Jenny bei den Großeltern bleiben, aber nach zwei Tagen fuhr Jennys Vater, und einen Tag später reiste auch ihre Mutter ab.

«Da ist Rügen», sagte der Großvater und zeigte auf einen verschwommenen Streifen neben der Oie. Rügen war die andere Insel. Rügen war doppelt so groß. Rügen kannte jeder. Gegen Rügen war nicht anzukommen, das wussten sogar die Großeltern. Rügen hatte Kreidefelsen, Feuersteinfelder und einen Fährhafen. Vor allem aber kam man ohne Umsteigen nach Rügen. Die Schienen der Reichsbahn führten über einen mit Feldsteinen aufgeschütteten Damm auf die Insel. Den hatte sie gesehen, als sie mit der Mutter in Stralsund gewesen war, um das Meeresmuseum zu besuchen. In endlos langen Hallen und Gängen zeigten Glasvitrinen dunkle Unterwasserwelten. Wenn Jenny einen Knopf drückte, leuchteten Steine und Pflanzen in schillernden Farben auf. Sie drückte wahllos die Knöpfe, erlaubte wie ein Zirkusdirektor jedem Ding seinen kurzen Auftritt. Die Mutter führte sie von den Vitrinen weg zu den Aquarien mit Muscheln, Krebsen und Fischen. Die Fische leuchteten von alleine und trugen lustige Namen: Kaiserfisch, Fähnchengaukler, Pinzettfisch, Wimpelfisch. Es gab sogar Seepferdchen. Sie waren tatsächlich gelb.

Die Haupthalle des Meeresmuseums war früher eine Kirche gewesen. An der Decke des Kirchenschiffs hing ein riesiges Walskelett. Sie hatte sich daruntergestellt und lange hochgeschaut, in Gedanken Fleisch an die Knochen wachsen lassen, es mit blau glänzender Haut überzogen und sich vorgestellt, wie der schwere Körper sich durch den Ozean schob, schwerfällig wie die Dampflok durch die Inselwälder. Irgendwann verschwammen die Rippen des Wals mit den Rippen des Gewölbes.

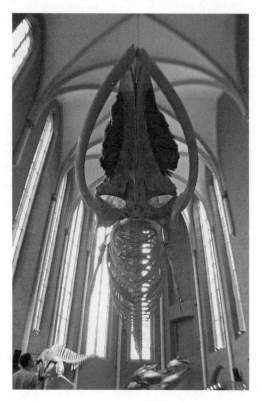

Die Mutter hatte vor der Schautafel gestanden und etwas vorgelesen. Dass das Skelett einem Finnwal gehörte. Dass sich der Finnwal hierher verirrt hatte. Verendet an der Küste vor Hiddensee. *Verendet,* das klang so, als ob es lange gedauert hätte, das Sterben. Der Finnwal hätte besser in Finnland bleiben sollen, hatte Jenny noch gedacht, als sie bereits vor der Möwenvitrine stand und auf die roten Strichbeine und schwarzen Köpfe blickte.

Sie fragte den Großvater, ob auf Usedom auch mal ein Wal gestrandet sei. «Achtzehnhundertvierundneunzig, in Ahlbeck», wusste er. Mit Zahlen kannte Opa sich einfach aus, dachte sie und wollte wissen, wo das Skelett heute war.

«Wahrscheinlich begraben.»

Jenny stellte sich vor, wie Kinder am Ahlbecker Strand beim Buddeln auf die kalkweißen Knochen stießen. Sie sah das Zeitungsfoto vor sich: Drei Kinder posieren mit einer riesigen Rippe, wie Forscher in Sibirien mit dem Zahn eines Mammuts. Zu ärgerlich, dass die Großeltern nicht in Ahlbeck wohnten. Sie hätte sich gern mit einem riesigen Walknochen fotografieren lassen. Auf diesem Foto wäre sie in der Mitte, zu beiden Seiten der gleiche Abstand, gerahmt vom Weißblau der See. Nicht wie auf den Fotos, die der Großvater von ihr gemacht hatte. Darauf stand sie immer am Rand, als hätte sie sich gerade eben noch ins Bild gedrängelt.

Die Fotos waren Ergebnisse eines Abwägens, ein Kompromiss zwischen Kulisse und Hauptrolle. Als hätte Opa sich nicht entscheiden können, ob er nun das Meer oder Jenny fotografieren wollte. Mit einem Walfischknochen würde sie den Helden spielen, in der Mitte stehen, wie ein Fischer in der Ostsee-Zeitung, wenn er einen besonders großen Fang gemacht hatte.

«Da schwimmt einer ganz schön weit raus.» Der Großvater fixierte einen hellbraunen Punkt in der See, der sich den leuchtenden Bojen näherte. Ein Schwimmer kraulte, die Arme im Wechsel hebend, den Kopf unter Wasser. Einfach immer weiter, als wollte er zum Horizont, ohne sich ein einziges Mal umzuschauen. Bald war nicht mehr zu erkennen, ob er schon hinter den Bojen schwamm. Jenny drehte sich wie der Großvater zum Rettungsturm, ein quadratischer Bungalow, der hinter dem gespannten Netz des Volleyballfeldes auf dünnen Stahlbeinen über Strand und Meer wachte.

Gegen das umlaufende Geländer lehnte ein Mann und schaute durch ein Fernglas. Seine Badehose hatte die gleiche Farbe wie die Bojen. Plötzlich erhob er sich, verschwand kurz in dem Häuschen und kam mit einem grauen Megafon wieder raus. Den linken Arm stützte er in die Seite, und mit der Rechten setzte er das Megafon an seinen Strichmund, als ob er gleich in eine Trompete stoßen wollte. Es knackte ein paar Mal, dann folgte ein kurzes Quaken. Jenny verstand nicht, was da über den Strand hallte, erkannte aber an dem barschen Ton, dass es an den Horizontschwimmer gerichtet war. Eine kurze Aufforderung, die wiederholt wurde. Beim zweiten Mal klang es wie eine Drohung. Nun wurde es still, alles schaute aufs Meer. Selbst die Volleyballer unterbrachen ihr Spiel, drehten sich zur See und standen in einer Reihe wie beim Fahnenappell. Jenny presste die Lippen aufeinander und dachte nach, bis sich ihr Gesicht verzog.

«Der kann von Glück sagen, wenn ihm nichts passiert», sagte der Großvater.

Ihm soll nichts passieren, dachte Jenny.

Tatsächlich stoppte der Punkt und machte kehrt. Nach ein paar Zügen war der Schwimmer wieder im Badebereich, wo er sich auf ein gemächliches Brustschwimmen verlegte, als wäre nichts geschehen. Ein Volleyballer machte eine Angabe. Der Mann auf dem Rettungsturm stand breitbeinig da und stemmte beide Hände in die Seiten. Jenny dankte ihm heimlich, dass er den Schwimmer von seinem Plan abgebracht hatte. Wer aufs Meer hinausschwamm, das wusste sie, begab sich in Lebensgefahr. Auch wer das Badeverbot missachtete. War der aus Korb geflochtene Ball am Mast des Rettungsturmes hochgezogen, herrschte absolutes Badeverbot. Stürzte sich dennoch jemand in die Brandung, so folgten ihm die Blicke vom Strand, das Quaken vom Rettungsturm. Der Korbball leuchtete ebenso rot wie die Boje und die Badehose des Rettungsschwimmers. Es waren Leuchtfeuer für das Strandleben, sie zeigten, wie weit es reichte, wo es endete.

Wenn Jenny die Augen zusammenkniff, verschwammen die blassen und gebräunten Körper der Nackten mit dem hellen Sand, die bunten Bälle mit den Stoffen der Handtücher, die Muster der Badehosen und das Weiß der Gischt mit dem Blau der See. Nur die leuchtend roten Flecken behielten ihre Kontur, wurden tanzende Punkte, verlässlich blinkend wie nachts der Leuchtturm der Oie.

«Ich geh ins Wasser.» Sie stand auf.

«Schwimm nicht zu weit raus», rief ihr der Großvater hinterher, und Jenny nickte, ohne sich umzusehen. Sie hatte im letzten Jahr schwimmen gelernt. Irgendwann hatte der Großvater seine Hand unter ihrem Bauch einfach weggezogen. Noch eine Weile hatte er so getan, als ob er sie halten würde. Mit ungleichmäßigen Stößen arbeitete sie sich vor, bis sie die Bewegungen verinnerlicht hatte. Die Beine wie ein Frosch, die Arme wie eine Schere. Ein Zug folgte dem anderen. Es war wie beim Fahrradfahren, auf einmal funktionierte es. Sie staunte über das Gelingen. So einfach war es also. Eins nach dem anderen. Doch als sie versuchte, die Bewegungen zu verstehen, lösten sie sich plötzlich auf. Ihr Kopf ging unter, die Arme paddelten ohne Plan, der Takt stimmte nicht, die Bewegungen gerieten durcheinander, die Beine kannten den Frosch nicht mehr, ausgestreckte Zehenspitzen suchten den vertrauten Meeresboden.

Als sie endlich wieder stand, waren ihre Augen leicht gerötet und die Wimpern vom Wasser verklebt. Sie probierte es wieder, machte weiter, bis sie hinter das Geheimnis kam. Sie durfte einfach nicht darüber nachdenken. Nicht herunterschauen auf das Tretwerk, die kreisenden Füße, wie sie die Pedale drückten, sie schoben und ihnen bereitwillig folgten, nicht zur Kette, die sich um das Zahnrad wand. Nicht auf die scherenden Arme, die die Wassermassen vertrieben, sondern einfach den Kopf nach vorne recken, über den Wasserspiegel halten, hoch über den Lenker, ihn vom Körper lösen, sein Kapitän sein, vorwärts denken: Volle Kraft voraus.

In diesem Jahr durfte sie allein ins Meer. Sie watete bis zum Ende der ersten Sandbank, warf sich dann in eine besonders einladende Welle und begann mit dem Brustschwimmen geradeaus. Zwischendurch streckte sie ihre Beine zum Boden, prüfte, ob sie ihn noch erreichen konnte, drehte sich einmal um die eigene Achse und schaute sich nach dem geblümten Windschutz um.

Vor ein paar Tagen war sie von der Strömung weit abgetrieben worden. Als sie aus dem Wasser kam, war ihr, als ob sie an einem anderen Strand gelandet sei. Kein Großvater

wartete mit einem Handtuch auf sie. Aber die Schließfächerfassade des *Roten Oktobers* lag noch immer hinter den Kiefern. Sie lief nass den Strand ab, erst in die eine, dann in die andere Richtung, suchte mit verweinten Augen die vertrauten Blumen im Meer der Farben.

Es gab zu viele Blumenmuster am Strand. Bunte Zäune um fremde Familien. Es waren immer die falschen Blumen.

Schließlich war sie zum Rettungsturm gelaufen. Es hatte sich merkwürdig angefühlt, nackt die Leiter hochzuklettern, auf dem kleinen Balkon dem Mann mit der leuchtenden Badehose gegenüberzutreten und heulend ihre Geschichte zu erzählen. Sie durfte in den Bungalow treten und durch das offene Fenster aufs Meer schauen. Es sah aus wie gemalt, ein Bild in einem Rahmen. Sie musste ihren Namen sagen, und der Mann mit der dunkelbraunen Haut nahm das Megafon und trat hinaus. Bis der Großvater sie abholte, hatte sie die Schwimmwesten angestarrt, die wie ausgestopfte Tiere in einer Ecke an mächtigen Holzhaken hingen.

«He!», hörte sie den Großvater jetzt rufen. Sie drehte sich kurz um. Er stand am Ufer und winkte sie zu sich. Er sah ganz klein aus. Sie tat so, als hätte sie ihn nicht gesehen, und schwamm weiter. Eine Bewegung nach der anderen. Arme und Beine, gleichzeitig. Nicht nachdenken, dachte sie. Vorwärts. Einfach weiter. Den Boden spürte sie schon seit einer Weile nicht mehr. Das Wasser war schattig, fast schwarz geworden und die Wellen so hoch, dass die Brandung auf ihre Haare spritzte. Hier hinten schwammen sonst keine Kinder, und die wenigen Erwachsenen waren weit weg. Ein Zug nach dem anderen. Die Boje hüpfte auf den Wellen auf und ab. Hoch und runter, als ob sie gar nicht festgemacht sei. Wie ein Ball, den die Strömung abgetrieben hatte. Er war gar nicht mehr weit entfernt. Alles ist möglich. Einfach weiterschwimmen. Wieder hörte sie den Großvater rufen. Es hörte sich an wie das Quaken des Rettungsturmes. Also gab sie nach, änderte den Kurs und schwamm dem Großvater langsam entgegen. Der Schwimmer war ja auch umgekehrt.

Als sie im Bademantel mit Opa Kekse aß, wischte der Mann auf dem Rettungsturm mit einem grünen Lappen eine Zahl von der Tafel und schrieb eine neue auf den frei gewordenen Platz.

«Das Wasser ist wieder ein halbes Grad wärmer geworden», sagte der Großvater und merkte es sich.

Dann malte sie Zahlen auf seinen Rücken, eine weiche Schreibtafel, karamellbraune Haut mit schokoladenfarbenen Punkten. Zweistellige über beide Schultern, die hügelige Linie der Wirbelsäule ließ sie frei. Der Großvater erriet sie alle. Es machte keinen Spaß. Mit Zahlen kannte Opa sich einfach aus. Er zählte gern, tagein tagaus. Wie viele Bonbons noch in der Packung waren, wie viele Leute ihn heute gegrüßt hatten, und abends notierte er die Zahlen des Tages in ein kariertes Heft. Lauter Punkte, die er mit leicht zittriger Hand zu einer Kurve verband. Daneben fanden sich die Temperaturen vom letzten Jahr, die Toten des Sommers, die Ertrunkenen, die er in Leichtsinnige und Kranke aufteilte. Es war noch kein Jahr vergangen, in dem niemand starb.

Die Sonne zog sich langsam in den Kiefernwald zurück, blitzte nur manchmal noch für einen kurzen Moment durch die schrägen Baumkronen. Nun würde sie zum Festland wandern und das Achterwasser färben. Am Volleyballnetz warfen sich nur noch zwei Männer den grauen Lederball zu, die Kleckerburgen am Ufer waren jetzt unbewacht, zwischen den Windschutzblumen lagen ganze Sandwelten, so viel Platz war auf einmal. In der Ferne schimmerte die Oie golden und sah noch unwirklicher aus als sonst.

«Oma wird schon auf uns warten», sagte der Großvater und fing an, die Sachen zusammenzupacken. Die Füße säuberte er mit den Socken, fuhr mit ihnen zwischen den Zehen entlang, ehe er in seine Sandalen schlüpfte. Hand in Hand liefen Jenny und er auf dem schmalen Gang durch die Dünengräser auf die Promenade, an weißen Villen, roten Blumenrabatten und der gelben Konzertmuschel vorbei.

Sie fielen Jenny schon von weitem auf. In einer kleinen Gruppe schlenderten sie ihnen entgegen, trugen alle die gleiche Uniform, eine Schar von Zwillingen. Ihre weißen Hemden leuchteten wie Segel in der Abendsonne, blitzten wie die Zähne ihrer offenen Münder. Der Knoten unter dem großen, blauen Kragen sah aus wie die Schleife eines Geschenks. Einige trugen eine geflochtene Kordel, die von der Knopfleiste zur Schulter reichte, ein silberner Zopf. Die schwarzen Bänder der aufgebauschten Mützen flatterten wie kleine Zöpfe im Abendwind hin und her. Sie rauchten, machten Witze, die nicht zu verstehen waren, stießen sich dabei an, fast torkelten sie vorüber, ausgelassen und fremd. Ihre rasierten Jungsgesichter lachten.

«Diese Matrosen», sagte der Großvater und schüttelte den Kopf. Jenny drehte sich immer wieder um, schaute ihnen nach und wiederholte auf dem ganzen Heimweg leise:

«Ma-tro-sen.»

Kapitel 2

Am Strand spazieren schmale Männer neben breiten Frauen.
Über den Sand – ein von nächtlichem Regen fest gewordenes Parkett, das unter ihren Schritten sanft knirscht –, vorbei an leeren Umkleiden und bröckelnden Fassaden von Hotelbauten, die sich über die Jahre in die Dünen gegraben haben. Sie schauen nicht hoch, ihre Köpfe hängen an den Rümpfen wie Knöpfe, von Fäden am Mantel gehalten. Ihr Blick verliert sich zwischen halboffenen Muscheln, gekräuseltem Tang, vom Wasser geschliffenen Scherben, morschem, fast versteinertem Holz, den Sandkörnern, die im Sommer weiß flimmern, aber unter dem Herbsthimmel grau angelaufen sind.

Sie sprechen ein weiches Russisch, die hohen Töne wehen als leises Wimmern herüber. Ich verstehe kein Wort, habe die Sprache nie gelernt, bin zu spät geboren. Habe nur Bilder, abgegriffene, nachkolorierte. Wie in einem Pop-up-Buch erheben sich Seite für Seite Szenen eines riesigen Reiches, ein Sechstel der Erde: prächtige Arkaden im Kaufhaus Gum, enorme Schleifen im Mädchenhaar, goldlackierte Zuckerbäckertürme in einer Winternacht, Holzhäuser mit Rissen im schwarzen Gebälk, grüner Drillich, graue Pelzmützen, rote Sterne. Die Russen vor mir tragen keine Pelzmützen. Der Winter ist noch weit. Würdevoll bewegen sie sich Richtung Promenade und erinnern dabei an Offiziere, die – im Dienst tadellos – auf Heimaturlaub nachlässig geworden sind. An der Treppe bieten die Herren den Damen ihre Soldatenarme an, geleiten sie Stufe für Stufe hoch, und die Gesellschaft verschwindet unmerklich, wie es sich für Gespenster aus der Vorzeit gehört.

Es ist zu kalt zum Schwimmen. Gestern war ich noch einmal im Wasser. Danach, zitternd in ein Handtuch gekauert, wusste ich, dass es das letzte Mal in diesem Jahr gewesen sein würde. Vorbei der Sommer, vorbei die Saison. Mächtige Wolken lauern auch heute über der stumpfen See. In den Süden hätte ich fahren sollen. An ein türkis glitzerndes Meer mit klarem Himmel. Irgendwohin, wo die Ortsnamen niemals deutsch klangen: Majorenhof, Edinburg, Kiefernhalt. Das war einmal und wird nie wieder sein, wie sehr die Touristen in den wüstensandfarbenen Jacken es sich auch wünschen. Sie sitzen neben mir, als ich mit dem breiten Zug zurück in die Stadt fahre, und sagen immer noch Majorenhof statt Majori, Kurländische Aa statt Lielupe. Als ob der Fluss dann schneller fließen würde, als ob damit Land gewonnen, eine natürliche Grenze überwunden, ein Vertrag zunichte gemacht wäre. Sie buchen Reisen in die Vergangenheit, mit überholten Landkarten und zerknickten Ansichtskarten im Gepäck. Ihr Weg führt nach Osten, erst Tschechien, dann Polen, schließlich das Baltikum, das sie noch immer mit ihren Erinnerungen besetzen. Und nun sitzen sie auf Bänken an der kalten Ostsee der Rigaischen Bucht und gedenken des unwiederbringlichen Kinderlands. Auf der Suche nach dem Geruch von damals, den Geheimverstecken und dem Kletterbaum, schauen sie unter fremde Fußabtreter, blinzeln durch Türschlösser, strecken ihre knöchrigen Hände in die Briefkästen und bestechen die neuen Bewohner ihrer alten Häuser mit Kaffee und Schokolade, obwohl es das längst in jedem Laden gibt. Sie werfen neue Münzen in die Kollekte ihrer Konfirmationskirche, damit die Orgel restauriert, das Taufbecken poliert und die verputzten Wandgemälde freigelegt werden.

Stumm blicke ich aus dem Fenster auf die vorbeiziehende Landschaft. Sehe von der Witterung angenagte Holzbauten, den breiigen Fluss hinter den Gittern der Eisenbahnbrücke, Wolken, die sich verfinstern, und versuche, dabei so gleichgültig zu schauen wie die Einheimischen im Abteil. Sie sind braun gebrannt, meine Haut ist blass. Den Sommer habe ich in Bibliotheken verbracht. Und jetzt regnet es wie zum Hohn. Die Wassermassen ertränken das hügelige Kopfsteinpflaster auf dem Bahnhofsvorplatz, erschweren den Gang durch die Altstadt. Hanseatische Luft, stolze Giebel, gutmütige Backsteinkirchen und die verheißungsvolle Nähe zum Meer, vertraut und fremd wie mein Geburtsort Greifswald. Hier wie dort geht eine Straße in eine andere über, ich folge ihnen ziellos und begegne den immergleichen Menschen. Die alten Heimaturlauber heben schon die Hand zum Grüße, haben mich erkannt, obwohl ich den Stadtführer in Geschenkpapier eingeschlagen habe. In der Fremde mag ich mich nicht als Fremde zu erkennen geben, will nicht zugeben, dass ich all das zum ersten Mal sehe. Lieber wohne ich dort, wo andere Urlaub machen.

Schnell senke ich den Kopf, achte nur noch auf den gepflasterten Boden, eine kleine Flusslandschaft, von Rinnsalen durchzogen. Ich frage mich, was ich hier verloren habe.

Eine Recherche in Riga, aber das Ziel ist verschwunden. In der Stadt mit den gebogenen Giebeln auf den geraden Boulevards, an denen steinerne Frauenleiber sich barbusig aus geschwungenen Säulen räkeln wie Meerjungfrauen aus ihrem geschuppten Fischschwanz. Ich wollte die Fassade studieren, die Gesimse zählen, das Rankenwerk skizzieren, Konsolen abmessen, vor Ort, im Original.

Doch das Forschungsobjekt ist im Frühjahr abgerissen worden, ein Versehen der städtischen Baubehörde. Denkmalschutz hin oder her, es ist einfach nicht mehr da. Verwundert, aber nicht betrübt über das brache Grundstück, stehe ich vor der Lücke in der Häuserreihe, wo nun ein einsamer Betonmischer aus dem Bauschutt wie ein verwittertes Mahnmal emporragt.

Der Architekt des verschwundenen Hauses ist ein Ingenieur, kein Künstler gewesen. Ein Gründerzeitherr mit Jahrhundertwendegusto, ein Wilhelm Zwo, ein Mann für die Operette, mit deutschem Schnurrbart und vierzig Paaren schwarzer Lackschuhe. Sein Wilhelm ist die Zarenmutter und sein liebstes Spielzeug die livländische Eisenbahn. Seine Frau ist bleich wie seine Fassadendamen, eine Schönheit mit vielen Verehrern. Einer schreibt Briefe, einer gibt Klavierunterricht, einer schnalzt mit der Zunge, es ist nicht zu überhören. Also lädt der Ingenieur zum Duell, geht zwanzig Schritte Schönheit ab. Dabei starrt er auf seine staubigen Schuhe und denkt an Puschkins Tod. Dreht sich um, fixiert den Gegner, drückt ab, zielt daneben. Ein Knall. Er senkt die Pistole. Kamerad, ruft er zum Gegenüber, so schön ist sie nun auch wieder nicht. Der Salonlöwe lacht erleichtert, schießt, trifft einen Birkenstamm, von dem etwas weiße Rinde abspringt und auf der sandigen Erde landet. Sie gehen aufeinander zu, jeder geht zehn Schritte Schönheit ab, reichen sich die Hände, drücken sie kurz und verbindlich wie Ehrenmänner. Ein Abkommen, ein Frieden im Wald. Fortan soll nur noch der Junge Klavierspielen lernen, denkt der Ingenieur. Denn der Junge ist treu.

Der Junge kann nachts nicht schlafen, weil er die streitenden Stimmen im Nebenzimmer hört. Serjoscha liegt da, merkt sich ein paar Worte, stellt sich die Münder vor: Vaters breites Kinn, Mutters spöttisch aufeinandergepresste Lippen, geöffnet, um kurze spitze Sätze auszustoßen. Er wartet darauf, dass die Stimmen sich beruhigen, die Türen nicht mehr zugeschlagen werden. In der Dunkelheit beobachtet er, wie das schwache Licht der Gaslaternen durch den Vorhang fällt, sechs bleiche Felder an die Wand wirft, getrennt vom Schatten des Fensterkreuzes.

Am Morgen sieht er seine Mutter in der rot-grün karierten Seidenbluse hinaus ins Treppenhaus stürmen und schon halb über das Geländer steigen, Vaters schwarze Eisenbahneruniform hinterher. Der Vater greift zu und trägt sie quer über seinen Schultern zurück in den Salon, wie ein erlegtes Tier.

Die Mutter geht fort, mit sich nimmt sie das Klavier und die Möbel, lässt den Jungen beim Eisenbahner in leeren Zimmern zurück. In den plötzlich riesigen, linsengrau gestrichenen Räumen fährt Serjoscha Fahrrad. Einmal über die Schwelle, eine Schlaufe ins Esszimmer, nach drei schnellen Pedaltritten ist er bei der Fensterfront. Da lenkt er ein, wirft sich mit leicht gebeugtem Oberkörper in die Kurve, ohne zu bremsen, immer linksrum, bis ihm schwindelig wird. Die dunkel gebeizten Dielen knarren unter den Reifen, ein Fenster scheppert in der Küche zum Hof, ansonsten ist es still. Alle Türen sind geöffnet. Er ist allein.

Unheilvoll und tröstend zugleich sind diese Türen, glänzen im Mittagslicht, beraten sich über die Zeit, rufen ihm leise zu: Alles ist möglich! Was für ein Gedanke, unerhört, bisher ungedacht.

Ein träger Ton dröhnt von der Straße her in den Nachmittag, die Luft vibriert, und die Dinge erscheinen plötzlich klar und einleuchtend, als hätte sie jemand mit einer dünnen Feder nachgezeichnet. Alles ist möglich, flüstere ich, sage es dann laut. Niemand ist zu Hause. Niemand. Möglich, möglich, möglich, singe ich auf die Melodie von *Jetzt fahrn wir übern See*. Die Silben reichen nicht für die Töne, einige dehne ich, kürze das *Möglich* zu einem einzigen Laut: *Mlich*. Es klingt ausländisch, ich spreche eine fremde Sprache; starre an die Wohnzimmerdecke, horche an der Schlafzimmerwand, suche Süßigkeiten in der obersten Schublade der Kommode, laufe im Flur auf und ab.

Alles ist möglich. Mein Flug geht erst in drei Tagen. Fünf

Nächte zum Preis von drei. Dafür zahle ich nun Lebenszeit in einer fremden Stadt. Zu Hause wartet niemand auf mich.

Eine Arbeit schreiben, ein Thema finden, Punkte notieren, eins nach dem anderen. Sich festlegen, sagen: Das ist – es. Ich habe den Anmeldebogen dabei, der Titel hat zwei Zeilen Platz. Er sollte kurz sein, dazu ein Halbsatz mit Epoche, These unter Berücksichtigung von. So schwer kann es nicht sein. Das Mikroskop schärfer stellen, zu den Einzelheiten vordringen, vom Hundertsten ins Tausendste. Die Themen liegen auf der Straße. Alles ist interessant, denke ich und gehe am Stadtgraben zu dem Denkmal, das von Soldaten bewacht wird. Eine Säule streckt sich in den Himmel, darauf eine versteinerte Frau mit rundem Gesicht, die drei vergoldete Sterne in den Händen hält.

Die Uniformierten stehen stumm und starren ernst, als hätten sie den Befehl der Abberufung absichtlich nicht gehört, und verteidigen nun aus freien Stücken das mahnende Erinnern an die alte neue Unabhängigkeit. Bei der Wachablösung erlauben zwei sich einen Gleichschrittmarsch, schreiten auf und ab, wirbeln Beine in die Höhe, eine hölzerne Pirouette, und bitten den Nächsten zum Tanz nach alter Choreographie.

Früher ritt hier ein Bronzeherrscher auf die Altstadt zu, vom letzten Zaren eingeweiht, am vierten Juli neunzehnhundertzehn zwölf Uhr mittags. Auf der Alexanderbrücke steht eine Tribüne mit vierzehnhundert Personen. Vom Thronfolgerboulevard kommen immer mehr Menschen, drängeln sich vor, recken ihre Köpfe, um einen Blick

auf die kaiserliche Familie zu erhaschen. Jemand flüstert: Der Thronfolger fehlt.

In dem feierlichen Moment der Enthüllung salutieren die Truppen, die Geschütze an Land und die Kriegsschiffe im Hafen mit belfernden Schüssen. Alle Kirchen läuten ihre Glocken. Man hört es bis in die Nikolaistraße, wo Serjoscha sich die Zeit vertreibt. Er liest über die Revolution siebzehnneunundachtzig, über ferne Länder, sammelt Zigarettenbildchen, klebt ein Zukunftsalbum, bewundert Gemälde von einem aufgebrachten Volk unter zuckenden Fahnen. Er betrachtet das glattrasierte Kinn des Korsen, die glänzenden Körper der Eingeborenen; merkt sich Parolen in schnörkeliger Schrift, griffig und zum Auswendiglernen, einen neuen Kalender, einen polynesischen Brauch: Alle Knoten werden gelöst, wenn eine Frau ein Kind gebärt, einfach und schmerzlos soll es sein.

Er teilt die Zimmer in Länder auf. Der dunkle Korridor ist feindliches Gebiet. Dort lauern die Umstürzler, die Abtrünnigen, die Verräter. Wer in ihre Hände fällt, hat verloren. Serjoscha weiß, was sie mit den Adligen machen. Aufs Schafott werden sie geführt, zum Scharfrichter, einem feisten Mann mit Jakobinermütze, fleischigen Ohren und kleinen, runden Augen, die wie Messerklingen im Sonnenlicht blitzen. Serjoscha ist nicht adlig, aber sein Vater ein Staatsrat mit zwei Orden, Sankt Anna und Sankt Wladimir. Und mit Revolutionären ist nicht zu spaßen. Also nimmt er den Weg zu den Adligen, vorbei an der Speisekammer, in der sich die Geistlichen vor der Guillotine verstecken. Die linke Hand hält sich noch am Türrahmen der Küche, die rechte greift bereits nach dem anderen, unter ihm die gegnerischen Dielen, hangelt er sich, die Zehenspitzen auf der Scheuerleiste balancierend, zum Esszimmer, wo die Verbündeten auf ihn warten. Wenn er den Boden berührt, wenn er hinfällt, ist es aus. Ein halber Meter nur, er braucht nur einen kleinen Schwung, um drüben in der Sicherheit des Salons zu landen. Schon sieht er die johlende Menge ihm zuwinken, wie sie ihre Dreispitze, ihre Perücken schwenken, wie ihm eine Herrenrunde mit freudig geöffneten Armen entgegentritt. Seine Finger verkrampfen sich, das lackierte Holz drückt gegen die Knochen, er presst die Wange an die Wand, schiebt die Ballen ein Stückchen weiter, erst den rechten, will den linken nachholen, aber da rutscht die Hand, schweißnass – mit einem dünnen Quietschen. Er verliert das Gleichgewicht, stürzt hintenüber aufs braune Parkett in die Hände des Feindes und bleibt am Boden liegen, verloren, dem Lauf der Geschichte ergeben.

Im Atelier, vor der Kulisse eines Feldweges, ein Bühnenbild mit Frühlingssträuchern und Sommerwolken. Er trägt den breitkrempigen Hut eines Sommerfrischlers und das Hemd eines Matrosen. Es ist das Kleid für den Fotografen, weiß leuchtend wie das Eisbärenfell unter einem nack-

ten Säugling. Hochgeraffte Ärmel, dünne Streifen am breiten Schulterkragen, das schwarze Tuch darunter zum Knoten gebunden. An den Füßen ein Paar zierlicher weißer Schnürschuhe, darüber reichen schwarze Strümpfe eine

Handbreit unters nackte Knie, der Ausweis aller Knaben. Serjoschas rechte Hand greift den Gürtel seines Matrosenkittels, die linke hält den Lenker. Ein Herrenrad für den Jungen. Es ist etwas zu groß, genauso wie sein Anzug. Das Hemd wölbt sich, wirft Falten wie der am Boden ausgebreitete Filz, wie langsam ans Ufer schwappende Wellen.

Diese Uniform kennt keine Dienstgrade, sie unterliegt einzig dem Diktat der Mode. Saison für Saison verwandelt sie sich, hält sich nicht an Staatsgrenzen und Küstenlinien. Mal wird der Kragen größer, mit Wolllitzen, Stickereien und Spitzen besetzt, mal der Ausschnitt weiter, der Knoten breiter, zu einer stattlichen Schleife aufgebauscht. Dann wieder vermehren sich die Streifen, graben sich die Schlitze tiefer in die Seitennähte, färben sich die goldenen Ankerknöpfe silbern. Alle tragen den Anzug der Matrosen, Lübecker Bürgersöhne und lettische Bauernmädchen, die Kinder des englischen Königs, des deutschen Kaisers, des russischen Zaren. Sie bilden eine heimliche Kinderarmee, sind Reservisten für die kommende Zeit.

Aber noch plant Serjoscha keinen Aufstand. Als der Zar abends auf seine Yacht übersetzt, winkt er wie die anderen Kinder mit beiden Armen, hinüber zum langgezogenen Rumpf der *Standart*. Auf ihr fährt die Zarenfamilie im Sommer vom Finnischen Meerbusen durchs Baltische Meer in die Schären und hält in kiefernbewachsenen Buchten. An Bord zweihundert Mann.

Unter ihnen Aljoscha, der Zarewitsch, das kranke Kind, das nicht stürzen, kein Blut sehen darf. Wer stürzt, verliert. Das Leben, die Krone, das Reich, ein Sechstel der Erde.

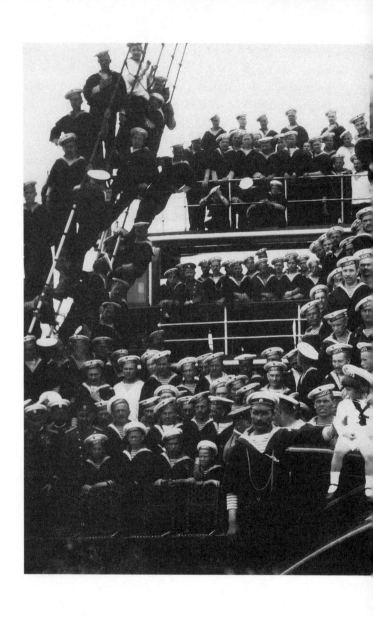

Und blutrot sind die Banner der Verräter. Die Last einer Krone wiegt schwer auf dem Jungen im weißen Matrosenanzug. Aljoscha trägt lieber die Tellermütze mit den schwarzen Bändern. Er ist eine Miniaturausgabe seines Wärters, seines Leibkosaken, des Matrosen Derewenko, den er Dinja nennt. Der runde Bootsmann hat Landgang auf Lebenszeit, spielt das Kindermädchen, trägt den Zarewitsch, fährt den Zarewitsch, lehrt den Zarewitsch das Gehen, ein Schritt nach dem anderen, und wenn der Zarewitsch stolpert, ausrutscht oder umknickt, breitet er blitzschnell die Arme aus. Warum bin ich nicht so wie andere Jungen, fragt Aljoscha ihn und fordert: Heb meine Arme auf! Leg mein Bein zurecht! Wärme meine Hände!

Und Dinja befolgt seine kindlichen Befehle, salutiert, wenn die Kindergarde am Strand marschiert, im Gleichschritt, mit aufgepflanzten Bajonetten.

Aljoscha drillt seine Bleisoldaten, lässt sie auf dem großen Tisch in einer Reihe aufmarschieren, achtet auf gleichmäßige Abstände zwischen den kleinen Kriegern, stellt mit ihnen Scharmützel und Schlachten nach, Potemkins Eroberung der Krim, Paraden wie die auf dem Exerzierplatz in Zarskoje Selo, die seine Schwester Olischka mit einer Panoramakamera aufnimmt.

Ein schwarzes Meer auf langgestreckten Bildern, verzerrt reichen sie weiter als sein Gesichtsfeld, eine halbe Drehung seines Kinderkopfs.

Aljoschas Bleisoldaten sind brav, sie gehorchen und rufen keine unerhörten Parolen. Sie hören aufs Kommando, schießen in die Menge, stoßen mit den gezückten Bajonetten in den Zug von Menschen, die mit leeren Händen und vollen Kehlen, mit kleinen Gesten und großen Worten zum kantigen Palast ziehen. Bald wechseln die Truppen die Seiten, laufen über zu den Menschenfängern, den Unruhestiftern in der Backsteinfabrik, im engen Unterdeck, mischen sich unter die von Großgedanken erhitzten Gesichter, gehören zum Trupp der aufs Winterpalais stürmenden Soldatenmäntel.

Peter der Große wird abmontiert. Ein paar Jahre steht das kahle Podest auf dem großen Platz. Die Elektrische kreist in immergleichen Schlaufen um den steinernen Stumpf, wo jetzt die Soldaten das Denkmal beschützen.

Und Dinja läuft wie alle Matrosen über zu den meutern-

den Kameraden, verlässt den Zarewitsch, den er einst vom Stürzen abhielt und der längst das blau-weiße Hemd gegen die khakifarbene Uniform der Soldaten getauscht hat. Verlässt ihn, weil ein Matrose nicht treu sein kann und ein Matrosenschwur auf dem Festland nichts gilt.

Die Freibeuter tragen schmutzige rote Fahnen in das Zarendorf, haben den Mund voll schäumender Parolen, sie spucken auf die feinen Damen, auf die Offiziere, auf den Zaren, den Krieg, sie meutern wegen eines faulen Stückes Fleisch, wegen einer aussichtslosen Schlacht. Sie rufen die neue Zeit aus, von der Reling eines gedrungenen Schiffes im Schwarzen Meer, ein paar Meilen vor Odessa. Ein neues Reich, gegründet auf einem Panzerschiff, ein Männerland auf See. Aber was gilt die Freiheit auf dem Meer? So viel wie ein Matrosenversprechen an Land, wie ein voller Kopf mit leerem Magen. Das Land ist groß und drei Flotten auf drei Meere verstreut: das gelbe, das schwarze, das blaue. Schiffe, die sich nie begegnen. Schaukelnde Räume auf offener See. Wie Könige wird die Besatzung der Potemkin in Odessa empfangen, ein Volk mit frischem Fleisch steht jubelnd auf der Treppe, eine große Tribüne.

Nach Odessa hätte ich fahren sollen. Nicht ans blaue Meer, sondern ans Schwarze. Nicht die geschwungenen Steinfassaden, die der Vater gebaut hat, sondern die geradlinige Treppe, die der Sohn gefilmt hat, hätte ich mir aussuchen sollen.

Sie langsam Stufe für Stufe abschreiten. Die Einstellungen mit der Aussicht vergleichen, ein paar Quellen nach Unzitiertem abklopfen. Die Ikone hinter den Heiligenbildchen finden, das Muster im Ornament erkennen, das Werk in seine Einzelteile zerlegen, Kampfrichter spielen: Kosakenbeine gegen Matrosenköpfe, schwarze Lederstiefel gegen weiße Tellermützen, aufgerichtete Geschosse gegen gezogene Säbel. Stürzende Leiber, die erwachenden Löwen vorm Palast von Alupka, ein rollender Kinderwagen, heruntergerissene Epauletten, ein von weißen Maden zerfressener Kadaver im brodelnden Borschtsch, breitlippige Münder unter plumpen Schnurrbärten: Diese Suppe essen wir nicht. Es steht auf schwarzen Tafeln geschrieben, kyrillische Buchstaben, die einen dunklen Moskauer Saal erhellen, das Gesicht Serjoschas beleuchten, der jetzt Sergej genannt wird. Sergej Eisenstein sitzt in der ersten Reihe, in einer Matrosenuniform, die er für die Premiere geliehen hat. Die Darsteller, das Aufnahmeteam, das gesamte Kinoorchester und die Platzanweiser, alle tragen die Uniform der Schwarzmeerflotte.

Eine revolutionäre Episode nur, ein blutiger Treppenwitz der Geschichte, auf der Richelieutreppe, die heute Potemkins Namen trägt. Potemkin, der Günstling, ist wieder einmal davongekommen, mit einem ausgestochenen Auge zwar, aber immer noch verschlagen schön. Ein Name wie ein Sprichwort, eine bösartige Legende – gern erzählt, denn manche Knoten halten länger, als die Schiffe im Hafen liegen. Und Günstlinge der Zarin werden vom Volk gehasst, wie der bäuerliche Heilige. Zottelig schaut er mit Glutaugen auf den Gespensterfotografien im Album des letzten Zaren. Es ist die Beschwörung einer gescheiterten Revolution, ein Aufstand nur, wie ein Erheben in der Klasse, um dann doch nichts zu sagen. Ab wann hat eine Revolution gesiegt, wie lange hat sie Bestand, die neue Weltenordnung? Bis ein Korse anlegt oder ein Kanzler an Bord geht. Ein Faden, gesponnen aus dem Garn einer Erregung. Eine Schlinge, zu einem Knoten gebunden. Er löst sich beim sachten Ziehen, nach einer kleinen Kraftanstrengung, auf wundersame Weise, ist nur noch ein Strick, an dem Tote baumeln, Matrosen aus Petersburg und Mütter aus Odessa.

Aber Sergejs Knoten hält. Die Fahnen des schwarzweißen Filmes flackern rot. Bild für Bild hat er sie von Hand koloriert, und mit sechzehn Knoten stürmt Potemkin, der Fürst von Taurien, durch die wie Schiffe geschmückten

Lichtspielhäuser Europas, knüpft feste Taue für das junge Reich, ein Sechstel der Erde. Fürst Potemkin selbst kommt nur bis zur Krim, das Panzerschiff nur bis nach Konstanza, Sergejs Film bis nach Hollywood.

Von der Reling des Moskauer Metropol-Theaters winken Matrosen, im Berliner Apollotheater am südlichen Ende der Friedrichstraße, sonst ein Varieté, strecken sich statt Mädchen- nun Kosakenbeine, viermal täglich. Ein Schiff, ein Bug, ein Stahlkeil, der die Zuschauer zu überfahren droht, der Kinosaal ein Meer. Eine leichte Beute sind sie, glänzen wie Fische, die im Netz hängen geblieben sind. Ein Publikum wird Masse, winkt zurück. Beim Winken ist es in seinem Element, befreit vom dumpfen Klatschen winkt es aus Freude, zum Gruß.

Ein Meer von wedelnden Fähnchen empfängt den Handrücken, der lockt und doch Abstand hält, als der Staatsratsvorsitzende in die Stadt kommt und Arm in Arm mit dem schwedischen Premierminister hindurchspaziert. Für ihn spielt er den Potemkin, zeigt seine Krim, schaut zum Gast, der bereitwillig folgt, durch die schmale Gasse zwischen Dom und Fischmarkt. Die Häuserzeile ist frisch gestrichen, senfgelb und ochsenblutrot. Der Fischmarkt riecht nach nasser Farbe, aber in der Fleischervorstadt, wo ich mit meiner Mutter auf den Bus warte, hängt der Geruch von modrigen Steinen unter Tapetenfetzen in der Luft. Es ist ein Schlachtfeld vom Krieg der Zeit. Diese Stadt stirbt einen Tod durch Unterlassen. Bis sie verrottet, und mit ihr die immer gespenstischer werdende Bevölkerung.

Meine Mutter schiebt mich in den Bus, meine Mutter

Undine. Ihr Name sendet Signale wie der Leuchtturm der Oie. Sie ist dort aufgewachsen, wo das Meer *See* heißt. Eine See, die treu ihre Wellen an den Spülsaum sendet. Ungehört bleiben die Gezeiten, die weiter westlich walten.

Dieses Land kennt nur zwei Himmelsrichtungen. Ein Oben und Unten, ein Links und Rechts genügt. Ein Kopfschütteln vor der Landkarte. Den Weltenlauf gerade denken. Es ist ganz einfach. Eine Schnur mit Knoten, die ich mir merken muss. Jeder Knoten ein Ereignis, ein Datum und drei Stichpunkte fürs Langzeitgedächtnis. Ein gutes Tauwerk hält bei Belastung noch fester. Feste Taue, drei-, vier-, fünfschäftig, linksgeschlagen, damit das Schiff gut im Hafen liegt, nicht bei jeder Brise ins Wanken gerät. Die Knoten sind wichtig, dürfen sich nicht lockern über Nacht, nach jedem Sturm werden sie kontrolliert. Und morgens kommt der Vopo und leuchtet zuerst in die Kutter und dann in die Augen der Fischer.

Der Strahl ist meine liebste Linie. Ein Anfang, kein Ende. Zielstrebig weist seine Spitze nach Osten ins Paradies, wie die Leserichtung befiehlt und es im Geschichtsbuch steht. So läuft die Welt. Und die Geschichte wird uns recht geben. Der Kommunismus wird kommen, hab ich als Kind gelernt. Kommunismus und Sozialismus sind lange Wörter mit störrischen Silben. Wir lernen sie auszusprechen. Wir tragen die Wörter in die Kindergärten, in die Schulen, wie die Arbeiter in ihre Betriebe. Jeder trägt ein wenig von diesem Wort mit S, das bald gegen eines mit K getauscht wird. Wir üben die ruppigen Laute. Ein schweres Wort, aber wenn wir alle daran tragen, es aufteilen, dann wird es leichter. Zusammen sind wir stark. Teilen macht Spaß.

Ich mag den Klang des Wörtchens *uns*. Alles ist *uns,* ist *wir*. Die Erde dreht sich, nicht um ihre eigene Achse, sondern um uns, uns herum, linksherum. Einmal nach vorne rennen und zurück, die Nelke im Knopfloch, das Fähnchen in der Hand, rot wie die Liebe und die Leidenschaft und die Revolution, wie das Blut, mit denen Manifeste und Liebesbriefe geschrieben werden, Schriftstücke Überzeugter, Verträge, Bullen. Bleisoldaten, die langsam umfallen, ein Chor zum Marschieren, kleine Fanfaren in einer Armee von dunkel gefärbten Männerstimmen, erdige Gesänge schlagen Wege durch das Dickicht. Eine Abordnung mit Bärten und hoher Stirn, Reliefgesichter in Stein gehauen wie die amerikanischen Präsidenten, mit buschigen Augenbrauen in die Zukunft schauen, Wange an Wange bleiben sie ohne Bruderkuss.

Die Idee ist einfach und gut, bekränzt von Ähren, vom Sonnenlicht überstrahlt. Sie wirkt weit über jenes Sechstel der Erde hinaus, wo sie nicht bloß Worte ist, schreibt Sergej, als er nach einem Herzinfarkt im Moskauer Krankenhaus liegt, nur einen Steinwurf vom einbalsamierten Revolutionär entfernt. Ein Preis wird verliehen, benannt nach dem neuesten Bartträger, ein Fest gegeben. Sergej tanzt, bricht zusammen, stürzt, liegt auf dem Parkett, wacht auf.

Die verbleibende Zeit ist die Zugabe, unbelichtetes Restmaterial für seinen Lebensfilm. Sergej versucht, sich an die erste Einstellung zu erinnern, sucht die Filmstreifen ab, unzählige Rollen hält er gegen das Deckenlicht, bis er sie findet: Ein Sommer in Majorenhof, mit seinen Eltern am Meer, in einer weiß lackierten Villa aus Holz mit einem geschnitzten Giebel. Er denkt in Nahaufnahmen, sieht eines Morgens einen weißen Fliederzweig zum Fenster hineinragen. Die Blüten schaukeln im Wind, der von der See her weht, ein stilles Bewegtbild, ein Tableau vivant, eine Schallplatte, die springt. Es ist seine erste Erinnerung, für immer gültig hat sie sich ins Gedächtnis geprägt. Sie wird zur Währung seiner Wahrnehmung, verdrängt alles dahinter, davor, daneben. Die Vergrößerung eines Details, ein wippender Fliederzweig im Mai des Jahres neunzehnhundert. Im selben Jahr läuft die *Fürst Potemkin von Taurien* vom Stapel, das größte Schiff der Schwarzmeerflotte, sein Schicksalsschiff. Nicht bloß Worte, sondern Taten, nicht nur ein Sechstel, sondern die ganze Erde, denkt Sergej im Krankenbett und beginnt, seine Memoiren zu schreiben.

Ich schaue mir mit meiner Mutter eine Dokumentation an, Filmaufnahmen zeigen die Romanows, eine Familie, hübsch, wie aus einer Illustrierten. Aljoscha trägt eine feldgrüne Soldatenuniform. Die Mädchen haben bodenlange, weiße Kleider an, wie sie zur Kommunion getragen werden, mit Spitze an den Säumen. Schwarzweiße Bilder, ein paar Szenen werden nachgestellt, aus Fotos werden Filme. Sie spielen in einem finsteren Wald, einem Holzhaus wie aus einem russischen Märchen. Die Baba Jaga zeigt sich nicht, aber die Wälder sind undurchdringlich und das Tageslicht über einem brachen Feld Wochenmärsche entfernt. Die Zarenfamilie soll eine Treppe hinuntersteigen und sich für ein Foto hinstellen, nebeneinander.

Es wird abgeblendet. Ich höre Schüsse im Dunkeln, sehe eine von Löchern und Blut zerfressene Wand, dann einen Lastwagen, einen Wald, eine Grube, die zugeschüttet wird, den Schacht eines Bergwerkes zwischen zwei alten Kiefern. Es muss Sibirien sein, jenes Ende der Welt. Wo sonst würde man Hinrichtungen veranstalten, die nicht in die Geschichtsbücher eingehen sollen. Eine tiefe Stimme redet von der Säure, die Leiber zerfrisst. Die verschwundenen Leichen der Romanows, aufgelöst in der sibirischen Erde. *Damnatio memoriae,* kein Andenken bewahren, die Porträts auf den Münzen schleifen, die Rednertribüne retuschieren. Dagegen der einbalsamierte Revolutionär, seine wächserne Haut glänzt im Blitzlicht auf dem gepflasterten Platz und auf einem der wenigen Farbfotos in meinem Schulbuch. Der Ziegenbärtige liegt heute noch da, gegen seinen Willen, ein zum Denkmal erstarrter Körper. Zwei

Grabkammern des zwanzigsten Jahrhunderts. Ein eingerahmtes Bild über dem Schreibtisch gilt so viel wie das Versprechen eines Matrosen auf Landgang.

Der Zar dankt ab, hieß es, sagt meine Mutter und schaut aus dem Fenster. Wir wohnen in einem Neubaublock, mit Ofenheizung und einem freien Blick aufs Feld mit Raps, Kartoffeln, Gerste und Weizen im Jahreswechsel. Sie fühlt sich betrogen. Aber da ist niemand, den sie zum Duell fordern kann. Die Grenzen sind offen. Wir fahren eine Nacht und zwei Tage, ehe wir am Mittelmeer ankommen. Die Busfahrt in den Süden bekommt mir nicht. Raststätten, sechsspurige Autobahnen. Es ist heiß. Zum Zudecken gibt es nur harte Laken. Nachts sitze ich hellwach auf dem Balkon und schaue auf das fremde Meer.

Es sind Balkone, von denen Todesurteile verkündet, Kriegserklärungen verlesen und Revolutionen ausgerufen werden, die Geburt eines Thronfolgers kundgegeben wird, lang ersehnt nach vier Töchtern. Ein zartes Winken, ein aufgestütztes Rufen. Plötzlich wird die Leserichtung geändert, und ein paar Knoten werden gelöst, ein paar andere geknüpft. Weit und breit steht keine Guillotine. Nur ein schwarzes Loch in einem noch viel schwärzeren Wald, so schwarz, dass man es nicht sehen kann, dass es nicht taugt für ein Bild im Geschichtsbuch. Zwischen den gelb hinterlegten Quellentexten, den vielfarbigen Karten und nummerierten Aufgaben bleibt kein Platz für eine Weggabelung unter sibirischen Kiefern. Keine Knochen und Kommunionskleider sind zu finden. Andere haben sich diese Kleider angezogen. Eine verwirrte Frau, die aus dem Berliner

Landwehrkanal gefischt wurde, ein Jahr nachdem man dort die aufgedunsene Leiche der Revolutionärin fand. Fräulein Unbekannt schmückt die Illustrierten, kann ihr Leben lang von einer Lüge leben. Der Kanal schlängelt sich über die Buchseiten, läuft über die Ufer, der Wald bleibt unerwähnt. Die Geschichtsbücher mit ihren leeren Flecken dürfen keine weißen Stellen haben, keine offenen Türen, keinen Leerraum. Nichts soll ergänzt werden.

Die Denkmäler werden abgeholt, die steinernen Köpfe weggerollt, Straßen umbenannt, Tote wie Bäume ausgegraben, ein Umzug der Verstorbenen. Die Seiten wie die Wörter folgen einem Kugellauf, einem Strahl, der – sich verjüngend – in die Zukunft weist.

Ich stehe am Ufer, neben den Mütterchen und ihren Blumenständen. Hinter ihnen fährt ein Ausflugsdampfer auf dem breiten Fluss vorbei. Auf der Brandungsmauer sitzen Jugendliche, rauchen und trinken Bier. Sie tragen aufgeplusterte Jacken, obwohl die ersten Blätter noch nicht gefallen sind. Sie schauen mich an und heben die Flaschen. Ich nicke ihnen zu.

Kapitel 3

«Ho, unser Maat hat schief geladen.» Jenny stand in der Konzertmuschel und sang ihr Lieblingslied. Ihre Zehenspitzen stießen an die Rampe.

«Ho, ho, ho, wir segeln.» Mit dem Oberkörper wackelte sie im Takt.

«Opa, sing doch mit», rief sie in die erste Reihe, wo der Großvater auf einer weißen Bank saß. Die Hände im Schoß, schaute er sie erwartungsvoll an.

«Ach, wir haben doch schon den ganzen Morgen gesungen.»

Das stimmte. Heute früh und auf dem Weg hierher *Jetzt fahrn wir übern See*. Immer wieder von vorne, bis Jenny sich endlich hatte merken können, wann sie die Pause machen musste und – an der richtigen Stelle – für einen Moment die Luft anhielt.

Mit der ausgestreckten Hand marschierte sie die Rundung ab, ihre Finger strichen über die weiß gekalkte Wand. Sie machte große Schritte. Das Echo hallte nach, ein kaltes träges Scheppern. Ein paar Risse schlängelten sich die Wölbung hinauf, bis unter die Decke, wo die Farbe in Fetzen herunterhing wie dreckige Girlanden. Ganz hinten, im Inneren des Halbkreises, erkannte Jenny die Umrisse einer kleinen Tür, kaum sichtbar, aus der Ferne nur ein Griff in der Wölbung. Natürlich war sie verschlossen. Im Sommer traten hier die Künstler raus auf die Bühne und begannen ihr Programm.

Beinahe jeden Abend stand jemand in der aufgerichteten Muschel, ein Zauberer, eine Combo, ein Quartett und einmal auch ein Shantychor. Die Männer hatten mit ihren längsgestreiften Hemden ausgesehen wie Fischer. Die meisten Menschen im Publikum trugen Badehose oder Bikini. Sie waren nur für das Konzert vom Textilstrand hochgekommen, der gleich hinter der Konzertmuschel lag. Braun gebrannt saßen sie auf den weißen Bänken und sahen nackter aus als die Nackten am Strand, hatte Jenny gedacht und sich bei den Großeltern eingehakt. Beide hatten sich für das Konzert fein gemacht. Der Großvater trug ein weißes Jackett und hatte ausnahmsweise die Kapitänsmütze zu Hause gelassen. Seine Haare waren zu einer einzigen, glänzenden Welle nach hinten gekämmt. Die Großmutter hatte eine türkise Seidenbluse angezogen. Um ihren Hals räkelten sich rote Korallen. Jenny und die Großeltern schunkelten mit Menschen, die sie gar nicht kannten, Urlauber, die in einem der hellen Heime an der Promenade wohnten. Jenny bewegte bei den meisten Liedern leise die Lippen, wie die Schlagersänger im Fernsehen. Sie kannte die Texte von der Schallplatte mit dem glitzernden Meer auf der Hülle.

Oft hatte sie den Großvater gebeten, den Schrank der Anbauwand zu öffnen, den gläsernen Deckel hochzuheben und die Nadel auf die schwarze Scheibe zu setzen. Nach einem kurzen Knacken war ein Meeresrauschen zu hören, ein Akkordeon und schließlich die tiefen Männerstimmen. Jenny hatte sie sich immer bärtig vorgestellt. Zu ihrer Verwunderung trugen nur wenige Shantysänger auf der Bühne einen Bart. Sie hatte wie die Erwachsenen *bravo* und *Zugabe* gerufen. Und nachdem der Männerchor mit warmen Stimmen noch einmal *Rolling Home* gesungen hatte, war sie in dem zufriedenen Menschengetümmel mit den Großeltern nach Hause gegangen. Jetzt waren die Bänke leer und die Promenade wie ausgestorben.

«Komm, wir gehen weiter.» Der Großvater erhob sich von seinem Platz und reichte ihr die Hand. Jenny hielt sich an seinen Fingern fest, sprang hinunter auf die Kieselerde, und sie verließen den Platz. Ein paar bunte Blätter lagen bereits auf den Steinen. Leise fing es an zu regnen. «Siehst du. Gut, dass du deinen Anorak angezogen hast», sagte der Großvater und streckte die Hand aus, um ein paar Tropfen zu fangen.

«Mhm», machte Jenny und raffte die Kapuze hoch. Viel lieber hätte sie ihren blauen Anzug getragen, den die Mutter ihr eingepackt hatte. Aber die Großmutter war dagegen gewesen.

«Jenny, du hast braune Haare, braune Augen, da passt grün oder rot besser! Blau steht dir nicht. Ich weiß nicht, warum deine Mutter dir immer so was kauft.»

Sie hatte ihr den roten Anorak mit den aufgeplusterten Taschen gereicht, und Jenny hatte ihn angezogen und sich auf die Zehenspitzen gestellt, um sich im Spiegel zu sehen.

«Der steht dir ausgezeichnet», hatte ihr die Großmutter versichert und ihr einen weißen Schal um den Hals gewickelt. «Und hält warm. Vergiss nicht, dass du noch immer ein bisschen krank bist.»

Sie hatte vor einer Woche Halsschmerzen bekommen. Also hatte die Mutter ihr den Rucksack gepackt und sie in den Zug gesetzt. In Wolgast wurde sie vom Großvater in Empfang genommen, damit sie nicht allein über die *Brücke der Freundschaft* gehen musste. Dieses Mal hatte die Brücke ihr blaues Maul geöffnet. Die Straße war hochgeklappt und führte direkt in den Himmel. Jenny lief mit dem Großvater an der Autokolonne vorbei bis ganz nach vorn. Sie blieben an der Seite am weißen Zaun stehen und sahen die Masten der Segelboote vorbeiziehen. Die Segel waren gerefft, aber an den kahlen Rahen flatterten schmale Fähnchen in den buntesten Farben, ausgeschnitten wie Schwalbenschwänze. Jenny hatte den Großvater nach der Bedeutung gefragt, aber er wusste sie nicht. Er war nur einmal mit den Angers aufs Achterwasser rausgefahren. Da hatten sie keine Fähnchen gebraucht.

Die Brücke war lange geöffnet. Der Großvater ging auf und ab und rechnete die Zahlen auf den Nummernschildern zusammen. Bald hatte er den Sieger ermittelt. Das Auto mit der höchsten Quersumme war ein roter Wartburg aus Berlin. Anerkennend nickte er dem Fahrer zu. Jenny beugte sich über das Geländer wie über die Stangen auf dem Spielplatz und spuckte in den dunklen Peenestrom.

Jetzt waren die Halsschmerzen schon seit ein paar Tagen weg.

«Opa, wann fahre ich wieder nach Hause?» Jenny zog an seinem Ärmel.

«Erst mal bleibst du hier. Deine Eltern brauchen ein wenig Zeit für sich. Mal gucken, ob die Oie zu sehen ist», sagte der Großvater. Sie bogen zum Rondell ein. Das Heim *Glück auf!* hatte die Vorhänge zugezogen. Die Wimpel auf dem Platz davor waren eingeholt worden, und der Kiosk am Haupteingang hatte seit letzter Woche geschlossen. Im Schaufenster lagen nur noch ein paar Schaufeln und Eimer. Langsam stapften sie die Treppe zum Strand hinunter.

«Dat stiemt, nich?», sagte der Großvater, beugte sich zu Jenny und band den Schal fest. Der Wind wehte eisig über das schwarzblaue Meer. Die hohen Wellen trugen unter den schaumigen Kronen breite Schatten. Die Oie war verschwunden. Dort, wo sie liegen musste, führte eine milchige Wolkengardine direkt ins Meer.

Der Sand war vom Regen geriffelt wie ein Waschbrett. Die Rettungstürme standen auf langen Beinen am Strand. Der Korbball hing am Mast wie eine vergessene Fahne. Auf der Tafel stand nur ein einsames Celsiuszeichen. Die Rettungsschwimmer hatten das Feld geräumt. Jetzt badete niemand mehr. Aber in der Ferne zog sich ein Mann aus, bis er nackt am Ufer stand. Es war Herr Ritter. Mit zweiundachtzig Jahren ging er immer noch baden, jeden Morgen, im Sommer, im Winter, das ganze Jahr über. Egal, was der Korbball sagte.

«So ein Verrückter!» Der Großvater schüttelte den Kopf. Der alte Mann stakste langsam den hohen Wogen entgegen, bis er immer kleiner wurde. Erst als er bis zur Brust im Wasser stand, tauchte er ein und begann seine gemächlichen Schwimmzüge, bis er im Meer verschwand. Bald war sein weißer Kopf nicht mehr von den Schaumkronen zu unterscheiden.

Jenny und der Großvater gingen nah am Wasser. Es lief sich hier leichter als oben, unterhalb der Dünen, wo der weiche Sand jedem Schritt nachgab, sodass man glaubte, nicht von der Stelle zu kommen.

Die grauen Heime schauten stumm auf die See. Sie waren unbewohnt. Nur das Kindersanatorium, in dem die Großmutter arbeitete, war noch belebt. Es lag weiter oben im Ort, auf einem Berg, mitten in einem Park, ein alter Bau mit unzähligen Trakten und labyrinthischen Gängen, die Fassade mit Efeu überwuchert. Mit dünnen Armen hatte er sich bis unters Dach ausgebreitet und die Fenster umzingelt, sodass sie mit der Zeit kleiner geworden waren, dunkle Luken hinter Holzkreuzen.

Alle sechs Wochen hielten die Busse vor dem Haupteingang mit neuen kranken Kindern, die sich hier erholen sollten. Sie kamen aus der ganzen Republik und sogar aus Ungarn und brauchten das ganze Jahr über die gute Seeluft, die ihnen das Atmen erleichterte.

Vor ein paar Tagen hatte die Großmutter Jenny mitgenommen. Und Jenny hatte sich morgens mit den kranken Kindern an einen langen Tisch gesetzt, in dem Saal mit hohen Decken und verspiegelten Wänden, wo das Klirren der herunterfallenden Messer und Gabeln sich mit dem heiseren Geschrei vermischte.

Sie hatte nichts gesagt, sondern die geschnitzten Märchenfiguren an den Säulen betrachtet und die Luke beobachtet, die in kurzen Abständen ihr Gitter hob und immer neue Lebensmittel präsentierte: Brotkörbe, Schalen mit Obst und riesige Teekannen, die von Kindern, die Tischdienst hatten, in Empfang genommen und an die Plätze getragen wurden.

Sie hatte gelernt, wie die anderen Kinder ihren Körper mit weichen Plastikborsten zu bürsten, links anzufangen, von außen nach innen, immer zum Herzen hin, und am Schluss den Bauchnabel zu umkreisen. Als sie fertig waren, zog sie sich auch einen blauen Kittel über, der sich wie ein Regenmantel anfühlte, und lief zusammen mit den anderen in einem vernebelten Raum im Kreis um ein großes Gerät herum, ein grauer Apparat mit kleinen Schnorcheln, die feuchten Qualm in die Gesichter pusteten.

Und nach dem Essen rannte sie mit in den Park, um an der frischen Luft Mittagsruhe zu halten. Sie klappten die Strandkörbe in der Liegehalle nach hinten und wickelten sich in gelbe, kratzende Decken. Hier durfte niemand etwas sagen. Alle Kinder schlossen auf Kommando die Augen und schienen sofort einzuschlafen. Nur Jenny blinzelte und sah, wie die Großmutter Zahlen auf kleine Karteikärtchen notierte. Es waren die Stunden, die sie draußen an der frischen Luft verbracht hatten. Deshalb lief die Großmutter mit ihnen, so oft es ging, den Strand entlang und ermahnte sie, tief einzuatmen. Dabei machten die Kinder lustige Geräusche. Es klang ein wenig, als ob sie gleich umkippen würden, ein Umzug mit Gepfeife. Jenny hatte keine Atembeschwerden. Das war der Großmutter egal. «Tief einatmen», sagte sie auch zu ihr. Und Jenny atmete tief ein, bis sich ihr Brustkorb bewegte, groß wurde und wieder klein. Sie wusste, dass die Seeluft gut für die Atemwege ist. Und Wassertreten gut für die Durchblutung. Das Meer war gut für alles Mögliche. «Besser als jede Medizin», sagte die Großmutter immer, und manchmal fügte sie hinzu: «Den alten Ritter hält das Meer auch gesund.»

Jenny schaute aufs Meer. Herr Ritter war verschwunden. Nicht mal seine Sachen waren irgendwo zu entdecken. Unterhalb der Dünen standen hellblaue Strandkörbe, von der Seeseite abgewendet und dicht beieinander, als ob sie sich gegenseitig vor dem Wind schützen wollten. Wie eine Kuhherde mit Nummern auf dem Rücken. Jenny wollte sich hinsetzen und rannte auf sie zu. Aber vor jeder Bank war ein Holzgitter mit einem Vorhängeschloss. Nicht mal die Hocker ließen sich noch ausziehen. Dahinter leuchtete das Muster des Sitzbezugs blau-weiß gestreift. Sie presste ihr Gesicht gegen die Stäbe. Es roch nach feuchtem Holz. Über ihr flatterte der ausgefranste Stoff im Wind, der Sonnenschutz war aus der Ankerung gerissen. Langsam ging sie wieder zum Großvater und zog die Kapuze herunter. Der Nieselregen hatte aufgehört.

«Wann kommt der Matrose wieder?»

«Das war ein Kapitänleutnant», stellte der Großvater klar. «Wenn er die Prüfung besteht, nie mehr.»

Er hatte vor ein paar Tagen Besuch gehabt, wie so oft, wenn Jungen oder Mädchen kamen und mit ihm im Wohnzimmer verschwanden. Dort lagen auf dem Esstisch ein Block kariertes Papier, ein Formelbuch und ein silberner Kasten in einem schwarzen Lederetui. Es war der Taschenrechner, das Heiligtum des Großvaters. Jeden Abend saß er mit ihm über den Büchern und dachte über mathematische Probleme nach, die noch niemand gelöst hatte. Dabei tippte er etwas in das Gerät und schrieb endlose Zahlenreihen auf seinen karierten Block.

Jenny hatte auf der Veranda gesessen. Sie hatte herausgefunden, wie man gut Möwen malen konnte, und zeichnete lauter gleichmäßig geschwungene Bögen, einen ganzen Himmel voll, als es draußen laut brummte. Sie blickte auf und ging zum Fenster. Ein erbsengrüner Trabant ohne Dach brauste die Straße entlang. Darin saßen zwei Männer in dunklem Blau, auf der Beifahrerseite einer in einem Jackett und am Steuer – sie traute ihren Augen nicht – ein Matrose. Sofort erkannte sie die weißen Streifen am Kragen seiner Bluse. Er hielt direkt vor der Einfahrt. Hinaus trat der Mann im Jackett. Der Matrose blieb im Wagen und wartete kurz. Sein Blick wanderte die Fassaden hoch und entdeckte Jenny am Verandafenster. Schnell winkte sie ihm zu und stützte sich auf dem Fensterbrett ab, um sich größer zu machen.

«Komm hoch!»

Er schien sie zu verstehen. Jedenfalls lächelte er sie einen langen Moment an, dann schaute er sich um, schlug das Lenkrad ein, wendete, gab Gas und fuhr davon. Jenny sah seinen Kragen in der Staubwolke verschwinden und ließ sich auf die Verandabank fallen. Sie machte die Augen zu und flüsterte: «Ma-tro-se.»

Es klingelte. Stimmen waren zu hören. Sie rannte in den Flur. Aber die Wohnzimmertür war schon zu. Durchs Schlüsselloch erkannte sie nur die weinrote Strickjacke des Großvaters. Auf der Kommode lag die Mütze des Fremden. Ihr fehlten die schwarz glänzenden Bänder. Jenny wusste, dass sie am Ende ausgeschnitten waren wie die Brückenfähnchen. Stattdessen hatte die Mütze einen schwarzen Schirm. Darüber prangte das rot-gelbe Emblem, Hammer, Zirkel und Ährenkranz, von goldenem Eichenlaub eingerahmt. Es war eine Tellermütze, wie der Vopo sie trug. Vorsichtig berührte sie die weiße Haube. Der Stoff war hart. Schließlich kehrte sie zu den Buntstiften zurück, aber die Möwen waren nur noch schwarze Striche auf weißem Papier. Sie nahm den Seeigel vom Fensterbrett, starrte auf die Stelle hinter der Hecke, wo die Autos in die Straße einbogen, und wartete auf den Matrosen. Der Nachbarhund kläffte.

Irgendwann waren Stimmen im Flur zu hören. Jenny ging hinüber, um den Gast zum Auto zu begleiten. Der Mann schaute sie fragend an.

«Das ist meine Enkelin», stellte der Großvater sie vor. Sie sah die zwei bunten Streifen auf seiner Brusttasche, die funkelnden Anker auf den Knöpfen der Jacke und zählte vier Sterne auf seinen Schultern.

«Und das ist Kapitänleutnant Rems», hörte sie den Großvater sagen.

«Angenehm», sagte der Kapitänleutnant steif und gab ihr seine große Hand. Dann setzte er seine Mütze mit beiden Händen auf und ging die Treppe runter, wobei er zwei Stufen auf einmal nahm.

Jenny lief zum Verandafenster, aber draußen im Trabant saß ein anderer Mann. Er hatte einen braunen Arbeitsanzug an. Der Kapitänleutnant stieg ein, und Jenny sah dem Auto nach, das hinter der Hecke verschwand.

«Wo ist der Matrose?», fragte sie den Großvater.

«Welcher Matrose? Das war ein Kapitänleutnant. Der ist was viel Höheres als ein Matrose.»

Der Großvater hatte ihr nicht sagen können, wohin der Matrose gefahren war. Er hatte etwas von Dienst und Aufgaben erzählt, aber Genaueres hatte er auch nicht gewusst.

«Musste er wieder aufs Schiff?»

«Schon möglich.»

«Wohin fährt sein Schiff? Nach Jugoslawien?»

«Zum Beispiel.»

«Ein Kapitänleutnant ist etwas Besseres als ein Matrose», fing er jetzt wieder an. «Die Matrosen müssen ihn zuerst grüßen. Und auf seinen Schulterklappen sind mehr Sterne. Hast du die Spangen auf seiner Brust gesehen? Das waren Orden!», sagte der Großvater.

Sie hockte sich hin und pulte in einem Miesmuschelhäufchen.

«Lass nur. Da ist nichts dabei. Der Wind kommt aus der falschen Richtung», sagte der Großvater.

Jenny sammelte eine grüne Scherbe vom feuchten Sand. Sie war milchig und hatte keine Kanten mehr. Das Wasser hatte sie weich geschliffen.

«Aber in Mathe ist er wohl nicht so gut?», fragte sie nach.

«Doch, doch, er wollte nur mal etwas wiederholen. Das ist höhere Mathematik, das ist mehr als nur Rechnen.»

Jenny drehte die Scherbe in der Hand.

«Wenn ich groß bin, werde ich Matrösin.»

«Das heißt *Matrose*. Und außerdem werden Mädchen keine Matrosen. Frauen auf dem Schiff bringen Unglück.»

Jenny blieb stehen. «Wieso denn das?»

«Naja, das sagt man eben so. Das ist ein Sprichwort», erklärte er, ohne sich umzudrehen. Jenny lief ihm nach. «Stimmt das denn?»

«Ein bisschen was muss dran sein.» Er schaute auf. «Sieh mal!»

Vor ihnen lag ein Fischerboot gestrandet im Sand. Über dem Bug hing eine blaue Plane, auf der sich Regenwasser gesammelt hatte. Nach und nach tröpfelte es herunter. Auf den Planken lag ein modriger Rettungsring neben den Holzstangen mit aufgespießten Bällen und roten Wimpeln. Sie leuchteten wie Bojen. Stricke führten zu einem rostigen Rädchen im Wasser. An den Seilen klebten Algen. Die grünen Fransen schaukelten im Wind.

Jenny fuhr mit dem Finger über die weiche Scherbe und dachte an den Matrosen, der den Kapitänleutnant gebracht hatte und nicht wiedergekommen war, obwohl er ihr zugelächelt hatte und das doch so was wie eine Verabredung war, ein Versprechen. Sie hatte seitdem von ihm geträumt. Sie hatte vorm Einschlafen an ihn gedacht und nach dem Aufwachen. Und wenn sie die Shantyplatte mitsang, hatte sie auch an ihn gedacht. Matrosen müssten alle Shantys auswendig können. Wenn er das nächste Mal käme, würde sie sofort zu ihm rennen und anfangen zu singen. Sicherlich würde er sie dann verstehen. Er würde lächeln und sie auf seine Schultern nehmen, sodass sie sich hinunterbeugen und ihre Wange an seine halten könnte. So würde er mit ihr die Promenade entlanglaufen, bis hin zu seinem Schiff, das zehnmal so groß war wie Angers Jolle und dieser mickrige Fischkutter.

Sie sah sich auf dem Schiff, umringt von singenden Matrosen. Sie hatte ihren blauen Anzug an, bis die Matrosen ihr ein blaues Hemd überzogen, wie sie es trugen. Es war viel zu groß, aber alle betonten, wie gut es ihr stehen würde. Sie sah sich auf dem Schiff hinausfahren, zu den Seepferdchen im türkisen Meer. Die Matrosen würden sich mit ihr fotografieren lassen. Und auf den Fotos würde sie in der Mitte stehen, vorn in der ersten Reihe. Und wenn jemand fragte, was ein Mädchen auf einem Schiff zu suchen habe, würde der Matrose sagen: Sie bringt uns Glück!

Jenny schaute aufs Meer. Vom Wind aufgewühlt, warf es eine Welle nach der anderen ans Ufer, fraß sich hungrig immer weiter ins Land hinein. Buhnen liefen in Zweierreihen ins Meer, teilten die Küste in Streifen. Das Meer hatte Algen auf die Pfähle geworfen und das Holz angenagt. Wie verfaulte Zähne ragten die glänzenden Pflöcke aus dem peitschenden Wasser, brachen die heranstürmenden Wellen.

«Hier kämpfen Land und Wasser miteinander», erklärte der Großvater. «Wenn das Meer gewinnt, dann wird die Insel kleiner.»

«Die Insel wird kleiner?», fragte Jenny ungläubig.

«Ja, das Meer holt sich Land. Das Land muss geschützt werden.»

Das Land musste ständig beschützt werden, die Natur, die Tiere, die Menschen, die Grenze. Deshalb fuhr nachts ein W-Fünfzig am Strand entlang und suchte mit einem riesigen Scheinwerfer das Wasser ab. Und deshalb flogen abends die Düsenjäger über die Küste. Wenn das laute Geheule draußen dröhnte, lief der Großvater zum Fenster, schob die weiße Wohnzimmergardine weg und schaute mit zusammengekniffenen Augen in den Himmel. Und erst wenn er sie gesehen hatte, sagte er beruhigt: «Es sind nur unsere Friedenstauben», und setzte sich wieder an seine Bücher. «Das kommt vom Krieg», hatte die Großmutter zu Jenny gesagt, und Jenny war froh gewesen, dass es keinen Krieg mehr gab.

«Komm. Wir gehen hier noch einmal hoch», sagte der Großvater und stieg mit ihr auf die Düne.

«Siehst du, genau hier ist die schmalste Stelle der Insel. Sie ist nur dreihundert Meter breit. Eine Wespentaille.» Sie standen auf dem kleinen Deich. Von hier hatte man einen Blick auf beide Wasser. Links lag hinter Schilf und Moor die schuppige Oberfläche des Achterwassers, rechts die weiß getupfte dunkle See. Dazwischen zogen sich die eingleisigen Schienen.

«Sturmfluten haben das Land hier immer wieder angegriffen», begann der Großvater zu erzählen. Dann schleuderte das Meer riesige Wassermassen gegen die Küste, überschwemmte das Land, verwüstete die Felder und unterspülte die Häuser, sodass sie einstürzten. Achtzehnhundertzweiundsiebzig war alles überflutet und die Insel in zwei Teile gebrochen. Ein Dampfer hing in den Dünen. Mit Ruderbooten konnte man vom Achterwasser direkt ins Meer fahren. Ein Dorf wurde völlig zerstört. Und zwei

Jahre später, als die Bewohner es wieder aufgebaut hatten, kam die nächste Sturmflut, sodass sie es schließlich einsahen und nach Koserow zogen, das höher lag und sicherer war. Der Großvater zeigte auf einen Berg, der in der Ferne ins Meer hineinragte.

Hier begann die Steilküste. Äste ragten wie Arme aus der brüchigen Sandwand. Ein paar junge Bäume waren abgerutscht und hingen mit dünnen Wurzeln am Hang. Ein Windstoß, und sie würden hinunterfallen, dachte Jenny. Der Strand wurde immer schmaler, von der See immer weiter zurückgedrängt. Nur ein kleiner Pfad zwischen Wasser und Steilküste führte sie weiter, bis ihnen ein Berg riesiger Feldsteine den Weg versperrte, aufeinandergetürmt, wie die Reste eines abgerissenen Hauses.

Der Großvater erzählte, dass sie mal Teile einer Mauer gewesen waren, die das Land vor dem Wasser schützen sollte, weil die Buhnen nicht ausgereicht hatten.

Sie kletterten noch weiter nach vorn, hüpften von einem Stein zum anderen und blieben auf einem großen Findling stehen. Still schauten sie auf die Brandung. Die Wellen warfen sich gegen steinerne Klötze. Es klatschte laut.

Wasser spritzte hoch oder landete zwischen den zerklüfteten Steinen, ergab kleine Pfützen im Beton. Die Kanten der Steine waren wie die Scherbe in Jennys Tasche von den Wellen geschliffen. Hier kamen sie nicht weiter. Das Meer hatte gewonnen.

Der Großvater sagte etwas, aber Jenny verstand nichts. Die Brandung donnerte. Erst als der Großvater sich umdrehte und zur Küste sprach, konnte sie ihn hören.

«Oben zeig ich dir was.» Der Großvater deutete auf eine Treppe, die schräg wie eine Leiter an der sandigen Kliffkante lehnte.

Während sie die Treppe hochstiegen, hielt Jenny sich am kalten Geländer fest. Überall standen Schilder, die das Klettern verboten. Jenny wusste, dass im Sommer hier Kinder gespielt und sich in den Hängen Höhlen gebaut hatten. Der Sand war gerutscht und hatte sie unter sich begraben. Es waren die neuesten Toten im Heft des Großvaters. Jenny schaute auf die Löcher in der Sandwand und griff nach seiner Hand. Oben angekommen, folgten sie einem Trampelpfad, der sich durch den Waldboden schlängelte, manchmal nur einen Schritt vom Abgrund entfernt.

Endlich ging es nicht mehr weiter, sie hatten die höchste Stelle erreicht. Im Wald lag eine Ruine, ein Beobachtungsturm vom Krieg, aber alle nannten ihn nur den Bunker. Man hatte versucht, ihn zu sprengen, aber er war einfach nur umgekippt und lag jetzt schräg auf dem Streckelsberg, halb eingegraben im Laub, an der Wetterseite mit einer Moosschicht überzogen. Aus einem der Fensterlöcher schauten die Äste einer kleinen Buche. In die Wände waren Namen und Zeichen eingeritzt. An vielen Stellen waren sie auseinandergebrochen. Rostige Stahlseile ragten aus den Platten wie Gräten aus einem abgegessenen Fisch.

Jenny wollte den Beton anfassen, aber der Großvater zog sie weiter zu einem sandigen Platz. Der Abgrund vor ihnen sah aus, als ob er jeden Moment weiter aufreißen konnte. Nichts als ein dünner Holzzaun schützte sie vor der Schlucht.

Von hier oben sah das Meer blasser und größer aus. Die Wellen waren kurze weiße Striche. Sie waren nicht zu hören. Nur die Bäume rauschten im Wind.

Links in der Ferne war jetzt ganz schwach die Oie zu sehen. Hinter einem Schleier schwebte sie im verschwommenen Übergang zwischen Wasser und Luft.

«Weißt du, warum das ein besonderer Ort ist?», fragte der Großvater.

Jenny wusste es nicht.

«Man sagt, dass hier Vineta gelegen hat.» Er zeigte auf eine Stelle ein kleines Stück vor der Oie. Oft hatte er ihr von der reichen Stadt erzählt. Sie war schön und groß gewesen, ein Mittelpunkt im Meer. Aus den entferntesten und entlegensten Enden der Welt kamen Menschen nach Vineta. In ihrem Hafen lagen Schiffe aus Afrika und Indien, aus Persien und China. Die Einwohner trieben viel Handel, ihre Läden waren angefüllt mit den seltensten und kostbarsten Waren. Sie waren so reich, dass sie jeden Tag mit goldenem Besteck aßen und auf der Straße die Kinder mit Silber spielten. Sie hatten alles, was man sich wünschen konnte.

«Denen ging's zu gut», hatte der Großvater gesagt. Deshalb erhob sich eines Tages das Meer gegen sie. Es überflutete die Stadt, die Gassen und Straßen und verschlang sie mit einer einzigen mächtigen Welle, wie das Dorf an der dünnen Stelle.

«Bei stillem Wetter soll man unten im Grunde des Meeres die Trümmer sehen können, als Warnung. Damit es uns nicht so ergeht wie den Vinetern», sagte der Großvater.

«Aber das ist ja nur ein Märchen», sagte Jenny.

«Es ist eine Legende. Das ist eine Mischung aus Wahrheit und Märchen. Ein bisschen was muss dran sein.»

Sie starrte auf die Stelle im Wasser, die ein wenig dunkler war. Sie ging noch einen Schritt weiter vor, die Fußspitzen am Abgrund.

«Manchmal ist es besser, wenn sich nicht alle Wünsche erfüllen», sagte der Großvater.

Ihre Brust berührte die Zaunlatte. Sie schaute hinunter und schob mit dem Fuß einen Stein in die Schlucht. Er tänzelte von Vorsprung zu Vorsprung, nahm Sandklumpen mit sich und verschwand im Geröll der kaputten Brandungsmauer.

Kapitel 4

Isn't it magic! **Die Fotografin steht mit schmalem Mund vor** den pulsierenden Waben der Lichterfassaden. Ein Netz von feinen Falten hat sich über ihre Lippen gelegt, ihr Gesicht triumphiert im Blitzlichtgewitter. *Isntitmagic.* Keine Frage, sondern eine Beschwörungsformel gegen die Kleingläubigen im Publikum. Die Weitgereisten aus aller Welt gehorchen. Sie sammeln sich um sie. Mitten in der Nacht lichten sie die weltbekannten Namen ab, die ihnen ein paar tausend Watt einbrennen: *You press the button – we do the rest.* Ausgerüstet sind sie den ganzen Tag mit ihren Kameras die Seventh Avenue bis hoch nach Harlem gelaufen. Mit jedem Schuss haben sie getroffen, Details mit Zoom herangeholt und Panoramen mit Stativen festgehalten. Ihre Verschlüsse knacken.

In Einzelgesprächen bescheinigt die Fotografin den einen Talent, den anderen Probleme.

This is the advanced course, you know.

Ihre wassergrünen Augen starren durch die große Brille, als würden sie Abzüge meiner Gedanken machen wollen. Ich sehe knapp an ihr vorbei, versuche, mich auf die aufgefädelten Bilder hinter ihr an der Wand zu konzentrieren, Fotografien der anderen Kursteilnehmer, Aufnahmen der meistfotografierten Stadt der Welt: ein sich umdrehender Schlachter im Meat District mit der Zigarette über dem Schweinekopf, ein goldlackierter Hydrant auf der Fifth Avenue; die hochgeknöpfte Bluse einer Williamsburger Jüdin, wuchernde Gräser auf den rostigen Schienen der High Line, Sprinkler zwischen korinthischen Säulen.

Ich habe noch kein einziges Foto gemacht.

Von Verschlusszeiten habe ich keine Ahnung. Die schwarze Spiegelreflexkamera trage ich versteckt, und bevor ich sie auspacke und ein Bild einfangen kann, ist der Großstadtfilm schon weitergelaufen. Stattdessen gehe ich die mit dem Lineal gezogenen Straßen hoch und runter und zähle die Blocks an meinen Fingern ab, wie ich es gelesen hatte. Die Rechnung geht auf. Ich finde mich zurecht.

Ein Mädchen drückt mir eine Digitalkamera in die Hand, wirft sich in Pose. Ihre Zähne blitzen wie die Zähne auf den Reklametafeln ringsum. Ich drücke ab. Sie kontrolliert den kleinen Bildschirm, nickt, geht über den breiten Zebrastreifen und verschwindet hinter den kriechenden Autos.

Good night, sagt die Fotografin, *I want to see some pictures tomorrow,* und geht. Die Fortgeschrittenen um mich herum zeigen sich Adressen und teilen sich in kleine Gruppen auf. Ich gehe allein weiter, lasse mich treiben, folge einem blauen Regenschirm, einem Mantel im Pepitamuster, einer pinken Lederhandtasche, schließe mich erst einer mexikanischen, dann einer französischen Reisegruppe an, trödele und verliere den Anschluss, als die Ampel auf Rot springt. Die Autos geben Gas, als ich stehen bleibe und ihn auf der anderen Straßenseite entdecke.

Er steht da, ganz genau wie Claude in der kleinen Wohnung, Saint Germain, vor der Wand mit den gespannten Seidentüchern. Die Beine gespreizt, mit einem leeren Oval zwischen Schritt und Hosensaum. Die Füße nach außen gedreht, die Hände in den Taschen, mit dem Tabak und den paar zusammengerollten Geldscheinen. Die weiße Jacke hoch geschlossen, ein Kragen verdeckt den dünnen Hals. Das weiße Schiffchen sitzt fest auf den abstehenden Ohren.

Ich kann seine Abzeichen am linken Ärmel nicht erkennen, die Streifen, die seine Jahre im Dienst des Landes zählen. Aber Claudes Blick ist sein Rangabzeichen, ein unerhört breitbeiniger Blick, der mich ins Visier nimmt, mich fragt, mich über die Straße lockt. Ich nehme keine Rücksicht auf Bilder, die gerade gemacht werden, schiebe die Touristen zur Seite und laufe ihm entgegen. Sieh dich vor und mit so einem lass dich ja nicht ein. Matrosen auf Landgang sind Matrosen im Ausnahmezustand. Sie summen, pfeifen und schmatzen in der Promenadenbar. Aber nur selten sagt einer ein Wort. Ihr Zauberspruch ist kurz: Darf ich bitten. Sie sagen ihn auf, wenn sie aus der Meute treten, wenn sie endlich zu dem Tisch herantreten, an dem die Mädchen lächeln und verlegen den Kopf zur Seite drehen, bevor sie sich erheben, um auf die Tanzfläche zu folgen. Nachher laufen Pferdeschwänze und weiße Mützen Hand in Hand auf der Mole. Sie hält seine große Seehand und singt: Aber wann, aber wann werden wir uns wiedersehen. Der soll ja nicht denken, dass sie auf ihn warten wird. Und beim Abschied senkt das Mädchen den Blick wie Lucy, als sie ein Buch betrachtet, im März neunzehnhundertfünfzehn, in Nantes. Still sitzt sie am Pult in der Jungentracht. Das offene Haar fällt in großen Locken rahmend um das Kindergesicht, berührt fast die hängenden Schultern. Sie hat den hohen Kinderstuhl so nah herangerückt, dass die Tischplatte in den Magen stößt. Die Knie ruhen eng nebeneinander.

Auf dem Tisch liegt ein Buch: *L'image de la femme*. Ein Bilderbuch für den kennerhaften Herrenblick: Die Bronzebüste Sapphos mit griechischer Nase und schmalem Band im strengen Haar, der zurückgelehnte Kopf Lady Hamiltons, Mona Lisa, die Infantin, la Pompadour, das Schokoladenmädchen. Lauter Frauen ohne Namen, mit Katze, am

Spinett oder an der Laute, als umrankte Flora, nackte Venus, tanzende Salome, den blutigen Lockenkopf servierend, oder als Sphinx, die ihren Fächer hochhält. Die Damen posieren in metallisch glänzenden Atlasroben, mit entblößten Schwanenhälsen, ermatteten Lidern und nie enden wollenden Dekolletés: Eugénie, die letzte Kaiserin, die bestangezogene Frau Frankreichs, Trendsetterin der Haute Couture. Die Silhouette Sarahs, der göttlichen Schauspielerin, die aus Hamlet eine Hosenrolle macht.

Lucy hingegen braucht keinen Putz. Das Einzige, was sie schmückt, ist eine kleine Schleife, ein weißes Bändsel am Matrosenkragen, und die Boxkamera, die neben ihr steht und nur optischen Gesetzen verpflichtet ist. Zwei Blenden und eine Verschlusszeit genügen: *You press the button – we do the rest.*

Mit ihr verlässt sie das Frauenzimmer, vergisst ihr Geschlecht, gibt sich einen neuen Namen, der nichts verrät: Claude Cahun. Zur Taufe rasiert sie sich den Kopf kahl. Im Spiegel sieht sie den weißen Schädel, ihr vergrößertes, nacktes Gesicht. Hinter ihr hängt der großmaschige Vorhang, die Kulisse für ihr Privattheater, in der sich Publikum und Ensemble auf Augenhöhe begegnen. Sie küsst sich.

Für jede der kurzen Aufführungen sucht Claude sich neue Kleider, wirft sich in Pose für den Moment, den Bruchteil einer Sekunde. Sie dreht sich zum eigenen Vergnügen um sich selber, macht sich was vor, die einzige Möglichkeit, sich treu zu sein: Glücklich spielt sie ihre Lieblingsrollen, lässt die Muskeln spielen, macht ein gefrorenes Gesicht, fixiert die Kamera – Linse und Spiegel zugleich –, vervielfältigt ihr Leben, ist sich selbst nie genug: der Jahrmarktsgewichtheber, die geschmückte Kurtisane mit glänzenden Lippen, die leblose Puppe, der Dandy mit seidenem Einstecktuch, der breitbeinige Matrose, der jetzt immer noch vor mir steht. Sein schwarzes Halstuch ist zu einem Pionierknoten gebunden. Ich schaue ihm direkt in die Augen.

Er sieht durch mich durch, meint mich nicht. Ich sehe cinen Matrosen an mir vorübergehen, zu Claude, den er mit einem festen Griff an die Schultern an sich drückt. Sie ziehen als Kameraden weiter Richtung downtown.

Ich verfolge ihre schönen braunen Nacken, die kurzgeschorenen Haare. Von den Schultern fällt das viereckige Tuch, gebügelt in akkuraten Geraden. Die Schuhe für den Landgang poliert. Ich gehe hinterher, folge ihnen die Avenue hinunter, ein Block links, den nächsten rechts durch das wohlgeordnete Raster der schlaflosen Stadt. Wenn ich die Augen zusammenkneife, verliert die Nacht ihre leuchtenden Umrisse. Nur die zwei weißen Punkte glühen deutlich vor mir her.

Immer mehr Schiffchen stechen in See. Die Flotte hat Ausgang, die Fleet Week überschwemmt die Stadt, lockt mit Schiffsparaden an die Piers. Die weiße Armee schwärmt aus. Mit Mädchen lassen sie sich fotografieren, aber Jungs lächeln sie an. Sie lauern ihnen auf, stecken ihnen ein Faltblatt zu: *We want you!*

Nur um Chelsea machen die Bootsmänner einen großen Bogen, fürchten die Freizeitmatrosen mit ihren Blicken, wollen sich ihre weißen Anzüge nicht schmutzig machen mit einem hartnäckigen Gerücht. Das Matrosenlaster ist im Hafen vergessen, die gemeinsamen Duschen, die engen Kojen. Ich will wissen, was sie tun, wenn sie unter sich sind. In der sechzehnten Straße steige ich eine Feuerleiter hinunter, schaue durchs Bullauge, ziehe die schwere Tür auf und gehe an Bord. Ein wummernder Bass. Ein kaltes Klacken.

Im flackernden Licht drängen sich Rücken, eine Mannschaft, die sich vom Gegner abwendet. Schweiß rinnt von den Wänden. Ich schiebe mich durchs Gedränge. Im Vorbeigehen berühren mich nasse Arme. Ich suche eine Lücke an der Bar, schiebe mich auf den Hocker, breite Knie und Schultern aus und betrachte die sich aalenden Körper. Auftrieb durch Verdrängung. Wo ein Körper ist, kann kein zweiter sein. Wo ich bin, kann kein anderer sein. Das ist logisch, tut aber weh.

Die Jeans hängen tief, werden gerade noch von Beckenknochen gehalten, die Schritte federn, genauso wie die Schritte Eriks, mit dem ich abends auf dem endlosen Laufsteg der Promenade spazierengehe. Seine Bartstoppeln glitzern im Laternenlicht. Das Meer ist träge und schwarz. Erik will, dass ich rechts gehe, wie es sich für eine Frau gehört. Wir betreten den *Preußenhof,* der früher *Glück auf!* hieß.

Als Erik seinen dunkelblauen Pullover, voller Brandlöcher vom ungeschickten Zigarettenhalten, auszieht, rutscht sein T-Shirt hoch, und für einen Moment sehe ich seinen flachen Bauchnabel. Wir setzen uns. Die Kellnerin reicht die eingeschweißten Karten. Erik bestellt sofort einen teuren Roten. Er tut so, als ob. Erik weiß Bescheid, kennt sich aus. Überall ist es besser als hier, sagt er und zündet sich eine neue Zigarette an. Er raucht Prince Denmark. Ich kaufe ihm eine neue Schachtel und unterbreche ihn nicht.

Er lacht, laut und ohne Grund. Die Leute schauen zu uns herüber. Er erhebt das Weinglas und trinkt auf ex.

Nachher liegen wir in den Dünen, zwischen den scharfen Gräsern, die mich schneiden. Eriks Zunge ist hart. Als ich meinen Kopf unter seinem hervorziehe, sehe ich, wie weiße Punkte lautlos im Graublauen schweben. Ich mache mich los, renne ans Ufer. Atemlos stehe ich vor der dunklen Weite, in der schlafende Schwäne schwimmen, und auf einmal weiß ich etwas, das ich nicht mehr vergessen werde: Das Leben ist was für andere.

Die Matrosen vor mir schmücken sich mit Garnituren aller Marinen, kombinieren das blau-weiß gestreifte Unterhemd mit roten Pompons und nackter Haut, gebräunt von den Arbeiten an Deck. Sie haben Landgang heute Nacht. Hier spielt jeder die Hosenrolle, ist sein eigener Posterboy, wechselt Spielbein und Standbein, geht auf Blickfang. Sie sind echter als echte Matrosen. So echt wie Claude, die sich die Brüste abschnürt und sich über ihren weißen Schädel streicht: Alles ist möglich, in ihrem privaten Theater, in diesem Raum hier, unter Deck. Claude feiert ein neues Leben, ein anderes Ufer, ein drittes Geschlecht, krönt sich zum König, wählt sich zum Volk, erlässt Gesetze und redet von sich selbst in der dritten Person. Sie erfindet eine neue Sprache, zerlegt ihren Körper in Silben, buchstabiert ihn neu. Unter jeder Maske ist eine andere Maske. Sie hört nicht auf, all diese Gesichter abzuziehen. Ihr Beifall ist groß, wenn die Abzüge kommen, die postkartengroßen Miniaturen ihres Karnevalszuges, monströs und schön. Sie schneidet sich aus, fährt mit der Schere an ihrem Körper entlang, umrandet den kahlen Kopf, klebt sich zusammen auf schwarzem Passepartout.

Ein Mann kommt auf mich zu, spricht mich an. Ich verstehe ihn nicht. Er wiederholt: *Sorry, no girls.*

Sanft schiebt er mich hinaus auf die breite Straße. Der

Morgen hängt mit einem Glühen zwischen den hohen Häusern.

Die U-Bahn bringt mich raus auf die Kanincheninsel. Der Zug rattert auf Traufenhöhe über die Straßen hinweg. Im Vorbeifahren wirft die Hochbahn zitternde Lichter auf die heruntergelassenen Rollläden der Schaufenster. Wasserspeier stehen mit dünnen Beinen wie angebundene Ballons auf den Dachfirsten. An der vorletzten Station steige ich aus. Coney Island.

Stacheldraht zieht sich um den letzten Vergnügungspark. Dahinter das Skelett einer Achterbahn, ein hölzerner Saurier. Am Wunderrad baumeln bunte Käfige und warten auf die Saison. Zwischen den Pfosten hängen lose Gitter, die niemanden mehr abhalten sollen. Ein rissiger Plattenweg führt durch braches Land zum Parkplatz am Vorortstrand.

Die Buden haben ihre blechernen Mäuler geschlossen. Auf einem Dach wartet eine Rakete auf ihren Start, daneben thront der rote Fallschirmturm in den fahlen Morgenhimmel.

Vor hundert Jahren fing hier die Zukunft an. Die Jahrmärkte setzen sich hier zur Ruhe, das fahrende Volk gibt für diesen Tummelplatz seine Wanderschaft auf. Hier landen die Türme der Weltausstellungen, die es nicht zum Wahrzeichen geschafft haben. Die umzäunten Paradiese sind Zufluchtsort der Kirmesgeschöpfe, Endlager ausgedienter Zukunftsmaschinen, Geburtsort des Hot Dogs und Geburtsort der Rolltreppe, ein Förderband aus Holzplatten, *a pleasure to ride* auf dem Spielplatz der Welt, nur um der Bewegung willen. Die Bahnen hierher sind überfüllt, das Schienengerüst verdunkelt Brooklyns Straßen. Auf zwei stählernen Stegen schwappen Menschenströme an den schmalen Strand, an Sommerwochenenden einer der dichtbevölkertsten Orte der Welt. Nachts ragt die sagenhafte Stadt aus dem Ozean, betrügt mit Millionen grellen Glühbirnen die Dunkelheit, rebelliert gegen die natürlichen Rhythmen. Zwischen Schlössern, Palästen und Kristalldomen schillern zitternde Spinnennetze in allen Mustern. Von hunderttausend Glühbirnen erhellt, ragt ein Leuchtturm in die blendende Nacht und lockt mit einem Scheinwerfer – heller als der des New Yorker Hafens – Schiffe von ihrem Kurs. Mit zwei stählernen Armen greift Dreamland achthundert Meter weit in den Ozean. Über dem schneeweißen Eingangsportal laufen Gipsschiffe unter vollen Segeln in künstliche Lagunen ein. Im größten Ballsaal der Welt tanzen viertausend Paare. Auf mechanischen Pferden legen Männer die Arme um Taillen von Frauen, die ihnen am Eingang zugewiesen werden. Sie klammern sich an die Zügel und schieben sich gegen den schmalen Rücken, um schneller ins Ziel zu galoppieren. Nach einer halben Meile in einer halben Minute steigen sie als Pärchen ab und überqueren in einem schwimmenden Schwan einen unterirdischen See. Hier gibt es Reisen bis ans Ende der Welt und darüber hinaus. Ein Luftschiff erhebt sich und schwebt durch wandernde Panoramen. Am runden Horizont bestaunt man Manhattan mit Vogelblicken und bald darauf die löchrige Oberfläche eines falschen Mondes. Ein zigarrenförmiger Ballon aus Öltuch bietet einen täglichen Flug über die Insel, so hoch, dass man den schmalen Strand überblicken und bis rüber nach Sandy Hook sehen kann. Im Inneren eines verkleinerten Dogenpalastes fahren Gondeln durch den Canal Grande. Dahinter rodeln rote Schlitten durch verschneite Alpengipfel. Ein Kühlapparat pustet eisige Luft auf den Mont Blanc. Zwischen Minaretten hängen die Gärten von Babylon. Über die Straßen stampfen dressierte Elefanten. Ein Zwergenstaat haust in einem Nürnberg im Maßstab eins zu zwei, mit eigenem Parlament und eigener Feuerwehr. In einem altdeutschen Bauernhaus, auf dessen Dach ein hölzerner Storch wacht, liegen zu früh geborene Babys in gläsernen Kästen. Eine Zapfanlage in Gestalt einer riesigen Kuh gibt mit einem gleichmäßigen weißen Strahl homogenisierte Milch. Die Zukunft hört hier niemals auf, das Vergangene ist in Miniaturen eingeschlossen, die Fremde zu einem einzigen Moment verdichtet, eine dreidimensionale Ansichtskarte, venezianischer als Venedig, echter als echt. Zwischen *Creation of the World* und *End of the World,* zwischen Anfang und Ende liegen fünfzig Meter mit der Arena der gezähmten wilden Tiere. Jeder Tag ist voller Premieren.

Ein Indianer geht im Gewühl auf Menschenfang, ködert sein Publikum mit einem fremden Akzent und einer Phantasieuniform. Wer will noch mal, wer hat noch nicht. Sonderangebot, und nur heute. Das Wochenendvolk blickt auf noch nie Gesehenes, und das zum allerersten Mal. Menschen, die wie Treibgut an die Küste gespült worden sind, an diesen Ort ohne Schatten, zwischen Juni und September die Welt: ein Geschöpf, halb Mensch, halb Tier, mit doppelten Köpfen und ohne Beine, vagabundierende Chimären, eine schnurrbärtige Frau, ein fettes Baby, Mädchen, am ganzen Körper tätowiert, ein menschlicher Salamander, ein Schwachkopf, dreihundert adlige Zwerge und ein ganzer Stamm somalischer Krieger, die sich vor den Besuchern unter lautem Gejohle blauen Lehm in ihre selbstverschuldeten Speerwunden reiben, um sich gegen den Schmerz zu schützen.

Nach einer Karnevalsnacht kommt Claude nach Hause, steht vor dem Spiegel mit bemaltem Gesicht. Sie dreht den Hahn auf und hält den kahlen Kopf unter das kalte Wasser. Aber die Farben gehen nicht mehr ab, wie sehr sie auch reibt, die Haut mit einer Bürste scheuert, bis das Gesicht wund ist. Sie sieht hinter ihr die postkartengroßen Bilder, ihre abgelegten Masken, die Blicke, die sie verfolgen. Sie erkennt sich nicht mehr. Wird nie fertig werden, nie ankommen. Sie ist müde von den unendlichen Scharaden, ihr Nervenkostüm zu dünn für die vielen Kleider.

Die Glühlampenparadiese bieten schaurig-schöne Enden der Welt. Im Stundentakt wird ein Block angesteckt. Der Rauch kriecht planmäßig von Stockwerk zu Stockwerk und steigt in schwarzen Wolken aus den Fenstern, Bewohner schreien um Hilfe.

Eine entsetzte Menge versammelt sich, bis jaulende Wagen eintreffen und Feuerwehrmänner die Flammen löschen, rechtzeitig vor der nächsten Brandstiftung. Im Krieg der Welten stürmen die vereinten Marinen Europas auf die Ostküste zu, eine Naumachie vor einem New York en miniature. Das Publikum applaudiert, bis das letzte Schiff auf

der illuminierten Plane versenkt worden ist. Jeder wünscht sich, einmal Opfer zu sein, einmal im Mittelpunkt kontrollierter Katastrophen zu stehen, den Selbstmord zu spielen. Lieber verbrennen oder ertrinken? Die Menge an Weltuntergängen ist ein genussvoller Trost. Alles ist möglich: von der Lava des Vesuvs verschüttet, beim Erdbeben von San Francisco erschlagen, von der Galveston-Flut ertränkt, beim Moskauer Feuer verbrannt zu werden. Alle Träume werden hier erfüllt, alle Ängste wieder und wieder besessen durchlebt.

Das Geschrei der Verbrennenden vermischt sich mit

dem Gekreische der Schaulustigen und dem der weiter entfernten Achterbahn, der rasantesten der Welt. Alles schaukelt, quiekt, lacht, rast auf rostigen Planken über russische Berge in gähnende Schluchten. Die Wagen quietschen in den viel zu knappen Kurven. Stählerne Schlaufen malen eine große Acht. Die Schienenbahn dreht sich um die eigene Längsachse, einmal kopfüber, überwindet sie schleudernd die Schwerkraft und schnürt in den steilen Abfahrten die Eingeweide ab. Jede Saison gehen Glieder verloren. Wo ein Körper ist, kann kein anderer sein. Die blechernen Fische steigen gegen den Uhrzeigersinn, spreizen die immer länger werdenden Ketten, bis der Schwung der Drehung sie fast abheben lässt, im Vorüberfliegen ein einziges Bild entsteht, ein verwischter Film. Eine Bewegung auf der Stelle, gehalten durch zum Zerreißen gespannte Ketten. Rundherum, vor und zurück, wie auf einer Schaukel. Sich nach vorn beugen, jeden Schwung ausnutzen, die Knie anwinkeln und sich dem höchsten Punkt entgegenstrecken, den Fahrtwind spüren, in die Ferne schauen, den Moment anhalten. Von hier aus sehe ich die Pumpen im Hinterland,

mit ihren kleinen Flammen, die nie erlöschen. Darüber zerfließt das Festland ins Achterwasser. Die einsamen Maschinen nicken ohne Unterlass, träge, eine unermüdliche Brigade, die Erdöl in das Land pumpt.

Sich losmachen, sich überholen, überwinden. Bis sie den Boden vergessen haben, auf dem sie sonst mit festen Beinen stehen. Steigen ab und torkeln über den Rummelplatz, vorbei an klingelnden Wunschmaschinen und kreiselnden Rädern.

Sensation, ruft jemand, und: Hereinspaziert. Meine Mutter weint, als wir über die Grenze fahren und uns die nackte Fahne begrüßt.

Ich stopfe mir lachend Schokolade in den Mund. Von den hundert Mark gebe ich fünf aus. Ich kaufe mir einen Taschenrechner und fahre Rolltreppen, stehe den ganzen Tag auf den wandernden Stufen, hoch und runter, von der Parfümabteilung zur Unterwäsche.

In der spanischen Gaststätte zahlt man einmal und kann so viel essen, wie man will. Ich habe die Wahl. Nackte Tiere sind aufgebahrt, schillernde Fische liegen tot in einem Eismeer, Apfelsinen sind zu einer Pyramide aufgebaut. Ich esse den ganzen Abend Milcheis und Wassermelonen. Meine Mutter trinkt bis in die Morgenstunden spanischen Wein.

Alles ist möglich. Nicht ich reise, nicht ich bewege mich, sondern alles um mich herum. Die stumpfen Waren werden aus den Kaufhallen geräumt. Mit leeren Regalen verabschiedet sich das Land. Ein neues kommt, ein bunter Umzug, der bleibt.

Zum allerersten Mal. Die Münder sind offen.

Den Kopf drehen, das Geld zählen, die neunundneunzig Kupfermünzen, den einen Pfennig addieren, der auf den Preisschildern fehlt. Die Kaufhalle öffnet jetzt als Supermarkt. Alles glänzt in neuen Farben. Busse kommen. Dicke Kataloge, Postwurfsendungen, die gezackten Schilder, Sprechblasen in Neon. Eine Völkerwanderung setzt ein. Leben werden abgewogen, gehen oder bleiben.

Träumen lernen. In sich hineinhorchen. Länder statt Postkarten, und alles in Papier gepackt, von weichen Bäumen gewonnen, eine glatte Oberfläche wie ein spiegelnder See.

Weitergehen, die ganze Welt. Wo anfangen. Jetzt erst recht. So viele Jahre.

Das alles. Vorenthalten. Sie haben die Wahl. Jemand meint es ernst oder nicht.

Sich die Augen reiben. Alles ist möglich.

Neunundneunzig ist die Glückszahl. Busse halten. Menschenmengen drängeln sich um aufgeklappte Tische. Ein Mann steht mit einem Mikrophon hinter einem Warenberg.

Alle sind dabei, wenn die Karten neu gemischt werden. In der ersten Reihe. Sich bloß nichts anmerken lassen.

Abenteurer kommen in die neuen Länder und fangen Bauern auf dem letzten Gehöft, hinter den Bretterzäunen, gehen an den bissigen Hunden vorbei und tragen ihre Bauchläden um die gebügelten Anzüge, drücken auf die Klingel mit den unleserlichen Namen. Sie putzen sich die Schuhe ab. Unterschreiben Sie hier, den Kugelschreiber gibt's dazu. Gratis. Willkommen in der neuen Welt. Die

Neuländer wollen alles richtig machen. Sie sagen ja. Nutzen ihre Chance. Autos halten, und Männer in blauen Overalls tragen Fernseher, Töpfe, Sofas, Lexika in die Zimmer, stellen sie vor die immer gleiche Schrankwand, helles oder dunkles Modell. Die Erben folgen, zeigen Urkunden und rollen Pläne aus, holen ihr Sie aus den Goldgräberkoffern und überreichen ein Schriftstück in einer Klarsichthülle.

Die Ersten kehren zurück in ihre geplünderten Wohnungen.

In der Nacht zum achtundzwanzigsten Mai neunzehnhundertelf, einen Tag vor Saisonbeginn, schlägt der Teufel an der Fassade von *End of the World* Funken, ein Kurzschluss im Beleuchtungssystem. Glühbirnen flackern, explodieren mit einem kalten Knacken, es wird dunkel, und ein Kübel mit heißem Teer fällt um. Ein paar Minuten später steht die Höllenpforte in Flammen. Coney Island brennt.

Die Liliputaner versuchen, mit ihrer Miniaturfeuerwehr Alt-Nürnberg zu löschen, Krankenschwestern hasten mit den Babys aus dem brennenden Bauernhaus. Ein Löwe jagt brüllend die Surf Avenue entlang, mit blutunterlaufenen Augen und lichterloh brennender Mähne. Nach drei Stunden ist das Traumland bis auf die Grundmauern niedergebrannt. Vom stählernen Pier sind am Morgen nur noch rauchende Pfosten übrig.

Dreamland ist vernichtet.

Noch Jahre nach dem Brand laufen überlebende Tiere durchs tiefste Brooklyn und führen ihre Kunststücke auf.

Ich gehe ostwärts die hölzerne Promenade entlang. Steinerne Kolosse starren auf die stumme See. Die hölzerne Promenade trennt die Wohnburgen vom feuchten Sand. Auf einer Bank sitzt ein Mütterchen hinter einem Konserventurm, in den faltigen Händen ein Pappschild. Ich verstehe nur das Dollarzeichen und die Zahl, schüttle den Kopf. Die Promenadenrestaurants sind geschlossen. An einer Kette hängen zerfetzte Wimpel.

Auf dem breiten Steg kommt mir eine Frau mit zwei riesigen Plastiktüten entgegen. Die Augenbrauen hat sie mit Kajal nachgezogen und den Mund ausgemalt. Ihr zerzaustes Haar leuchtet wie Bernstein. Es ist nach hinten gekämmt und notdürftig mit einer Schmetterlingsspange zusammengesteckt. Darunter schimmert die Kopfhaut, weiß wie das vornehme Gesicht. Wie ist sie hierhergekommen? Sie schaut hoch, als hörte sie meine Gedanken. Klein-Venedig ist jetzt Little Odessa. *Natasha closed,* lese ich und drehe mich zur See. Am Strand wartet ein Heer leerer Papierkörbe auf das Menschenmeer im kommenden Sommer.

Die Ausgewanderten sitzen auf bunten Plastikstühlen zusammen, die Nachfahren der Romanows neben den verdienten Rotgardisten. Alles, was Heimat verspricht, ist erlaubt. Sie sitzen um winzige Schachbretter und essen aufgewärmte Pirogген, trinken Wasser aus dem Kaukasus, naschen bonbonfarbene Pralinen mit dem Bildnis des letzten Zarewitschs.

Es ist ruhig, fast windstill. Keine Möwe. Ich nehme die Kamera und blicke durch den Sucher. Durch das kleine

Fenster sieht der Atlantik nicht anders aus als das Achterwasser. Ich drücke den Auslöser. Müde belichtet der bedeckte Morgen den schwarzen Streifen.

Kapitel 5

«Schau mal, da ist noch einer!» Jenny wechselte die Taschenlampe in die linke Hand und griff in den schwarzen Tang.

«Zeig mal», sagte der Großvater und beugte sich zu ihr. Sie hielt ihm das goldene Stück entgegen, wobei sie die Finger eng aneinander presste, damit es nicht hindurchrutschte. Der Großvater zog seine Lederhandschuhe aus und nahm es vorsichtig, hielt es prüfend gegen das Licht. Zwischen seinem Daumen und Zeigefinger sah es gar nicht mehr groß aus.

«Das ist keiner. Er ist viel zu schwer.» Er warf den Klumpen in einem hohen Bogen zurück ins Meer. Jenny schaute hinterher. Die Sonne war schon aufgegangen, aber der Himmel noch immer bedeckt. Nur ein schwaches Leuchten lag über dem Wasser.

«Bernsteine sind sehr leicht, du spürst kaum ihr Gewicht», erinnerte der Großvater sie. Sie senkte den Kopf, ihr Blick fiel auf die kleinen Wellen, die das Meer in regelmäßigen Abständen vor ihre Füße schickte. Sie kamen immer näher, eine erreichte fast ihre Schuhspitzen. Jenny blieb still stehen, wartete einen Moment, bis die nächste Welle sich näher herantraute und kurz die Sohlen umspülte.

«Pass auf», ermahnte sie der Großvater, und bevor eine

Welle ihren Fuß überflutete, sprang Jenny zurück auf den trockenen Sand. Handschuhe baumelten aus ihren Ärmeln. Die Mutter hatte sie an Wollfäden befestigt, damit Jenny sie nicht verlieren konnte. Es sah aus, als hätte sie vier Hände, die leblos an ihr herabhingen.

«Es ist Bernsteinwetter», hatte der Großvater gestern vorm Zubettgehen gesagt, als er ihre Decke an den Kachelofen gehalten hatte, um sie zu wärmen. Gegen Abend war es stürmisch geworden. Der Wind kam aus der richtigen Richtung, er würde Seetang bringen, schwarze Miesmuscheln und verkohltes Holz. Draußen rauschten die Blätter, und Jenny war sich sicher, in der Ferne das Meer zischen zu hören, als sie unter dem weichen, warmen Federberg lag und vor sich die leuchtenden Farben der Steine sah.

Heute waren sie noch im Dunkeln aufgestanden, und Jenny war dem Großvater ins Bad gefolgt, hatte sich auf den Badewannenrand gesetzt und ihn beim Rasieren beobachtet. Er pinselte sich vor dem Spiegelschrank weiß ein und verzog das Gesicht zu Grimassen. Erst den Mund nach links, dann nach rechts. Er fuhr mit dem silbernen Werkzeug über die Schaumhaut, setzte immer wieder ab, schüttelte die Klinge kurz im Waschbeckenwasser, konzentriert, ohne ein Wort zu sagen. Danach nahm er ein grünes Fläschchen, schüttete eine Flüssigkeit, die nach Moos roch, in seine Hand und rieb sie auf sein Kinn, von dem Hügel am Hals zu den Wangen hoch, bespritzte die Schläfen und klopfte leicht dagegen, bis seine Haut glänzte und kleine rote Punkte bekam. Sie war selbst im Winter braun und fast ohne Falten. Nur ein paar Linien trennten den Mund von den Wangen, und drei Striche zogen sich quer über die hohe Stirn.

«Sei froh, du wirst dich nie rasieren müssen, Jenny», sagte der Großvater, als er bemerkte, wie sie ihn anschaute. Schade, hatte sie gedacht.

Seit dem frühen Morgen stocherten sie mit dünnen Stöcken in dem frischen Strandgut nach Bernstein, suchten mit ihren kleinen Scheinwerfern die schwarzen Hügel am Spülsaum ab, die das Meer nach und nach an Land warf und sich bald wieder holte. Der Sturm hatte sich gegen Morgen gelegt. Eisig hatte er die ganze Nacht von Norden her geweht, *gejücht,* wie der Großvater sagte. Jetzt aber war das Meer ruhig, erschöpft von dem nächtlichen Tosen. Im Widerschein der Taschenlampe funkelten die Steine wie kleine Augen aus dem Dunkeln und brauchten nur noch aufgesammelt werden. Ohne diesen Trick waren sie schwer zu finden, zwischen den gekräuselten Fäden der flaschengrünen Algen und dem glattpolierten Holz aus einer anderen Zeit. Vielleicht war es der Mast eines untergegangenen Schiffes oder die Planke eines Floßes oder ein Dachbalken von Vinetas Kirche gewesen. Die schwarz glänzenden Miesmuscheln zeigten ihre weißen Pocken. Sie sahen hässlich aus neben den großen Sandmuscheln und den geriffelten Herzmuscheln. Die Tellmuscheln mochte sie am liebsten. Sie schimmerten so schön wie die Fingernägel von Mandy Sanders.

Außer ihnen war niemand am Strand. Die Fischer waren längst rausgefahren und hinter dem Horizont verschwunden. Sie hatten sie heute früh beobachtet, wie sie im Halbdunkel die Netze, Kübel und Stangen in ihre kleinen Kutter räumten. Die beiden Männer trugen Hosen, die wie Gummistiefel aussahen, schwarz glänzten und ihnen bis zur Brust reichten.

«Hey, was wollen Sie hier», hatte plötzlich jemand gerufen. Der Großvater und Jenny hatten sich erschrocken umgedreht, aber niemanden erkennen können. Sie wurden von einem Scheinwerfer geblendet, sodass Jenny sich die Hand vor die Augen halten musste.

«Bernsteine suchen. Mit meiner Enkelin», hatte der Großvater schnell gerufen.

«Ach, Sie sind's», sagte die Stimme freundlicher. Das Licht erlosch, und nun konnte Jenny den Mann erkennen. Es war der Vopo, der manchmal den Verkehr auf der großen Kreuzung regelte, in einem hellen Kittel auf einem Podest stand und mit weißen Handschuhen Bewegungen machte, abgehackt wie ein Roboter. Jetzt trug er seine grüne Uniform, auf der Schulter die silbernen Zöpfe, auf dem Kopf die Schirmmütze, groß wie ein Teller. An seinen Hosenbeinen klebte feuchter Sand.

Er winkte ab.

«Ja, dann viel Glück», sagte er und stapfte zu den Fischkuttern, umrundete beide Boote, leuchtete hinein, wühlte unter einem Netz, hob die Stangen kurz hoch. Die Fischer standen daneben. Einer rauchte eine Zigarette, der andere machte sich eine Pfeife an. Sie wunderten sich nicht. Nach einer Weile sagte der Vopo schließlich: «In Ordnung. Ihr könnt fahren.»

«Komm, lass uns lieber mal gehen», sagte der Großvater und nahm Jennys Hand. «Ich hatte ihn in der Schule. Der war nicht so helle», sagte er leise, als sie ein Stück entfernt waren.

Sie fasste in die Tasche ihres Anoraks und tastete nach den kleinen Steinen, die sie heute gefunden hatte. Sie waren kaum größer als Sandkörner. Sie ließ sie ein paar Mal durch ihre Finger rieseln, um sie dann wieder hinter dem Reißverschluss verschwinden zu lassen. Der Großvater wollte einen richtig großen Bernstein finden, den er zu den Trophäen auf dem Fensterbrett der Veranda legen konnte, zu dem getrockneten Granatapfel und dem Seeigel aus Jugoslawien. Jenny würde ihre mickrige Beute nur in das Apothekerglas füllen, das auf der Flurkommode stand, neben den Briefen und Opas Kapitänsmütze. Eines der Steinchen, die sie gefunden hatte, sah aus wie getrocknete Honigmilch, ein anderes wie ein Splitter eines wolkigen Knochens, ein größeres erinnerte an ein geriffeltes Stück Kandiszucker. Einmal hatte Jenny einen Bernstein gefunden, der gelb war wie das Bier, das der Großvater abends trank. In diesem Bernstein kreisten winzige Fäden um ein feines schwarzes Knäuel. Es war eine Spinne aus vergangener Zeit. Nun lag sie begraben in ihrem durchsichtigen Sarg. Der Großvater hatte Jenny erzählt, dass die goldenen Steine das Harz von Bäumen waren, die vor fünfunddreißig Jahrmillionen die Erde bewaldeten. Es waren tiefe, undurchdringliche Wälder gewesen. Man hätte Tage gebraucht, um sie zu durchwandern.

«Aber Menschen gab es damals noch nicht», hatte er hinzugefügt.

«Woher weiß man dann von den Wäldern?», hatte Jenny gefragt.

«Weil das die Steine erzählen», hatte er geantwortet.

Sie griff in die andere Jackentasche und fühlte nach dem harten Brot, das die Großmutter ihr mitgegeben hatte, um es an die Möwen zu verfüttern. Jenny schaute sich nach den weißen Vögeln um. Ein paar saßen auf der bewegten See und ließen sich auf den Wellen hoch- und runterschaukeln. Sie zog den großen Kanten aus dem dicken Anorak und hielt ihn den Vögeln hin, als wären sie Hunde und das Brot ein Knochen.

Aber erst als sie es in kleine Stücke rupfte und die ersten Brocken in die Luft gegen den Seewind warf, kamen sie herangeschossen und fingen die braunen Punkte im Fluge. Zuerst ein paar mutige, dann die ganze Schar, und bald war Jenny umgeben vom kreischenden, silbergrauen Getümmel. Sie klemmte die Packpapiertüte unter den Arm und holte immer wieder weit aus, warf die Stückchen so hoch wie möglich. Erst segelten die Vögel in einem Bogen eine Runde um Jenny herum, gemächlich wie Papiertauben, dann – ganz plötzlich – blieben sie an einer Stelle und begannen, sehr schnell mit den Flügeln zu schlagen, wie aufgezogene Puppen. Eine Möwe stellte sich brav an, wartete in der Luft, bis sie an die Reihe kam, eine Krume zu fangen, doch dann hielt sie sich nicht an die Abmachung und schoss hervor, um mit Geschrei einer anderen die Beute zu rauben. Das war ungerecht, fand Jenny und warf nun das Brot in die andere Richtung, aber nach ein paar Sekunden hatte sie den gierigen Vogel schon aus den Augen verloren. Jenny brach das letzte Stück in immer kleinere Krumen, um das Spektakel ein wenig zu verlängern. Dann war das Brot alle, doch Jenny tat weiter so, als ob sie es immer noch in die Luft warf. Die Vögel waren ja zu dumm, merkten nicht, dass keiner von ihnen etwas bekam. Stattdessen wurden sie immer aufgeregter, krächzten lauter, und erst als Jenny keine Lust mehr hatte und ganz still dastand, verstanden sie endlich und zogen aufs Meer. Der Großvater kniete noch immer neben ihr über den schwarzbunten Bergen und untersuchte das angeschwemmte Strandgut. Jenny wusste, dass die See es sich wiederholen würde, mit einer großen Welle, die sich wie eine lange Kuhzunge danach ausstreckte. Bestimmt hatte das Meer Mägen, dachte sie, denn es war wie ein Tier: groß und schwerfällig wie ein Wal, aber eigensinnig und schnell wie eine wilde Katze.

Das Tier war immer da, aber ganz sicher war ihre Familie sich wohl nicht. Dieses ständige Ansmeergehen, fand Jenny, war, als müsse man nach ihm schauen und sich um es kümmern. Immer fragte Jennys Mutter die Großeltern nach dem Meer.

«Das Meer ist wieder wie Samt und Seide», antwortete dann die Großmutter, und Jenny dachte an ihren samtigen dunkelblauen Pullover, auf den sie oft mit dem Finger Zeichen malte, Buchstaben kratzte und wieder glatt strich. Dann stand da, krakelig geschwungen: Jenny. Sie befühlte den Stoff gern, ein stoppelhaariges Fell, das sie gegen den Strich bürstete und streichelte wie den struppigen Nachbarhund. Noch lieber aber war ihr der alte Seidenschal, den ihr die Großmutter geschenkt hatte. Ein steifes Tuch, das Jenny in einer gemusterten Schachtel verwahrte, ab und an herausnahm und nach einem Ritual seinen Stoff betastete: Sie ließ ihn zwischen alle Finger einzeln gleiten und gab ihm mit gespitzten Lippen drei Küsse, die keine Geräusche machten. Der Stoff fühlte sich weich und hart zugleich an und so angenehm kühl wie die ungeheizte Veranda, wo die Großmutter die frischgebackenen Obsttorten aufbewahrte. Die Seide hatte feine Rillen, die sie nachzeichnete, die Finger ausgestreckt, die Augen geschlossen.

Doch heute war das Meer nicht glatt wie Seide, sondern geriffelt wie Samt. Als kleine Falten huschten die Wellen über das Wasser.

«Ganz schön kalt», bemerkte der Großvater. Seine Nase lief. Ja, heute war es eisig. Der Winter war eigentlich vorbei. Schon vor Wochen war der Schnee getaut, der den Sand und das zugefrorene Meer bedeckt hatte, sodass nicht mehr zu erkennen gewesen war, wo das Land aufhörte und das Wasser begann. Der Strand hatte sich in ein Gletschergebirge verwandelt, mit weißen Bergketten, die in der Sonne glänzten, und Tälern aus aufgeweichten Schneeschichten. An den vereisten Wänden hingen glitzernde Zapfen. Vor dem *Roten Oktober* hockten ein paar Schwäne. Mit ihrem Schneegefieder fielen sie kaum auf. Riesige Schollen hatten sich so übereinandergeschoben, als würden sie miteinander kämpfen. Eine mannshohe Welle schien von einer kleinen Eiszeit überrascht worden und zu Eis erstarrt zu sein. Sie sah aus wie ein sich aufbäumendes Pferd.

An einer Stelle war die Schneedecke auseinandergebrochen. In dem Riss hatten sich kleine Seen gebildet, von einer Eisschicht bedeckte Pfützen. Jenny hatte ihre Dicke testen wollen und ihre Fußspitze auf die Schicht gesetzt. Als das Eis langsam nachgab und beißend knirschte, hatte sie den Fuß schnell zurückgezogen und sich auf die Schneedecke gerettet. Das Wasser war nach oben geströmt, und von dem Eis blieben nur noch ein paar Schollen übrig.

«Menschenskind», hatte der Großvater geschimpft, als er sah, was sie angerichtet hatte. «Das hätte böse ausgehen können.» Er zog sie zum Strand zurück.

Das große Meer ruhte, das Tier hielt Winterschlaf. Es ließ sich nicht stören von den Menschen, die auf seiner kühlen Zudecke umhergingen. Der ganze Ort war unterwegs und wagte sich aufs meterdicke Eis, manche sogar über die Bojengrenze des Sommers hinaus. Der Großvater hatte sich erkundigt, wie viele eingebrochen waren und wie viele davon nicht mehr gerettet werden konnten. Er hatte das Zählen der Ertrunkenen vom Sommer wieder aufgenommen und am Jahresende die Summe mit der in der Zeitung verglichen. Er wusste, wann der eisige Winter die ganze Ostsee hatte zufrieren lassen, sodass zwei Jungen auf die Idee gekommen waren, zur Oie zu laufen. Ein Hubschrauber wurde losgeschickt, hatte sie abgefangen und zum Umkehren gezwungen. Es ist zu gefährlich auf dem Eis, hatte der Großvater zu Jenny gesagt, als sie oben auf der Promenade standen und sich noch einmal nach dem weißen Meer umschauten. Sie hatte genickt und an das Loch im Eis gedacht.

«Opa, wie weit ist es bis zur Oie?»

Der Großvater schnaubte in sein Taschentuch.

«Einundzwanzig Kilometer», sagte er, während er das grün-weiß karierte Tuch zusammenfaltete und in seine Jackentasche stopfte.

Jenny schaute zur Insel, die heute sehr deutlich zu sehen war.

Einundzwanzig Kilometer. Dass man so weit schauen kann, dachte sie. Ein Kilometer ist wie ein Monat. Ein Monat ist lang und weit, aber überschaubar, nicht so unendlich wie ein Jahr. Ein ganzes, ganzes langes Jahr. Nächstes Jahr heißt sehr, sehr lange hin, fast eine Ewigkeit: Bis zur Hochzeit ist alles wieder gut. Das sagte Frau Hansow immer, wenn sich ein Kind das Knie aufgeschürft oder eine Beule geholt hatte. Nächstes Jahr war so weit weg wie das Jahr Zweitausend. Es war kaum zu denken und genauso weit weg wie die Zeit, in der die Bernsteine noch als Harz von den Bäumen flossen. Zweitausend ist das Jahr mit den drei Nullen. Wo wohl dann die Olympischen Spiele stattfinden, überlegte Jenny und hockte sich dicht an die Brandung. Sie schrieb die Zahl mit den Nullen in den feuchten, glatten Sand. Sofort schlängelte sich Wasser in die kleinen Furchen, und nach drei weiteren Wellen war das Geschriebene nicht mehr zu sehen, von der Sandtafel gelöscht. Sie stellte sich vor, auf der Treppe zu stehen, die zwei Stufen zum Gipfel, vor dem schwarzen Vorhang oder auf der Tribüne, mit dem Fähnchen in der Hand. Im Fernsehen hatte sie gesehen, wie die Sieger die Hymne mitsummten und wie sie vor Freude weinten. Jenny hatte das seltsam gefunden. Sie weinte nur, wenn sie traurig war oder Schmerzen hatte, wenn ihr etwas nicht gefiel oder sie etwas nicht bekam, was sie unbedingt haben wollte. Als die Mutter sagte, dass der Vater nicht mehr wiederkomme, hatte Jenny eine Woche lang jede Nacht geweint.

«Was kommt hinter der Oie?», fragte Jenny.

Der Großvater guckte kurz hoch.

«Mhmm, erst mal 'ne ganze Weile nichts. Und irgendwann: Schweden.» Dann pulte er weiter in einem Miesmuschelhäufchen.

Jenny grübelte. Alles, was sie von Schweden wusste, war, dass es auch an die Ostsee stieß, nur von der anderen Seite her. Wenn Jenny also immer weiter geradeaus fahren würde, zum Beispiel mit dem Segelboot von Herrn und Frau Anger, dann würde sie an dieser Küste landen, irgendwo weit, weit hinter dem Horizont. Jenny starrte auf die Linie zwischen Himmel und Meer, strengte ihre Augen an, um vielleicht doch, ganz winzig klein, Schweden zu entdecken. Aber da war nichts zu sehen. Nur etwas weiter vorne ein kleiner brauner Punkt, der sich langsam zum Ufer bewegte. Er wurde immer größer. Jetzt erkannte sie ihn. Es war der alte Ritter. Jenny hatte ihn gar nicht ins Wasser gehen sehen. Nach einer Weile kam er ins Flache und stieg ohne Hast aus dem eisigen Wasser, als könnte ihm die Kälte nichts anhaben. Und wenn Jenny nicht gesehen hätte, wie er langsam seine Sachen vom Sand aufhob und sie anzog, so wäre sie überzeugt gewesen, er käme von Schweden herübergeschwommen.

Neidisch schaute sie einer Möwe hinterher, die über das

weite Meer flog und bald das ausgebreitete Wasser überblicken durfte. Jenny hatte die Erde noch nie von oben gesehen. Einmal, es war im letzten Sommer, wäre es fast dazu gekommen. Sie spazierten mit Frau Hansow über den Feldweg und lernten die Namen der Pflanzen am Wegesrand. Jenny pflückte Kornblumen, und die Erzieherin stimmte Lieder an, die sie im letzten Jahr gelernt hatten. *Unsre Heimat ist das Gras auf der Wiese, das Korn auf dem Feld und die Vögel in der Luft.* Sie schauten hoch, ob sie Vögel entdeckten. Am Himmel kreiste ein Agrarflugzeug, und Matthias Labahn, der Junge, dessen Vater den Kasimir fuhr, schrie: «Eine AN-Zwei!» Dabei überschlug sich seine Stimme. Das Singen verstummte.

«Ja, ein Doppeldecker!», rief Steffen Wegner. Alle Kinder reckten ihre Hälse. Auch Frau Hansow warf den Kopf in den Nacken und starrte auf den gelben Fleck.

«Sind Sie schon mal geflogen?», fragte Jenny. Frau Hansow schüttelte den Kopf, ohne den Blick vom Himmel zu lösen. Das Flugzeug wurde immer größer, drehte einmal in die Richtung des Waldes, bog dann nach links zum Nachbardorf, machte eine Schleife in der Luft und kam wieder zurück. Diesmal flog es noch ein Stück tiefer. Alle redeten durcheinander. Steffen Wegner hielt sich die Ohren zu, aber seine Glupschaugen starrten weiter auf das Flugzeug. Schon rollte es auf den Acker, pflügte eine tiefe Spur in die stoppelige Erde, wurde langsamer und kam schließlich ganz in ihrer Nähe zum Stehen. Das Motorengeräusch verstummte, der Propeller trudelte aus. Unter der zylinderrunden Flugzeugschnauze hielten dünne, sich überkreuzende

Stangen zwei schwarze Räder, die sonnengelbe Schwanzflosse ruhte auf einem einzelnen winzigen Rädchen. Die Luke öffnete sich, und der Pilot sprang heraus.

«Wartet hier», sagte Frau Hansow, ließ die Kinder stehen und ging im Laufschritt zu ihm.

«Mannomann», keuchte Mandy Sanders.

«Ja, Mannomann», dachte Jenny und sah, wie Frau Hansow ihm die Hand reichte. Die beiden sprachen miteinander. Frau Hansow warf ihre Locken in den Nacken und sah sehr hübsch aus. Nun schaute der Pilot direkt zu ihnen, winkte sie zu sich, und auch Frau Hansow drehte sich um und nickte bestimmend. Sofort setzte sich der kleine Trupp in Bewegung. Beim Näherkommen fielen Jenny die hellblauen Augen des Fliegers auf. Wie ein Held sieht er aus, fand sie. Wie die Männer auf den rot bespannten Wandzeitungen oder in den bunten Zeitschriften, die ihr die Mutter zum Durchblättern gab. Er trug einen verwaschenen blauen Overall und auf dem Kopf eine Lederkappe, deren Riemen wie zwei Zöpfe sein helles Gesicht rahmten.

«Er spricht nur Russisch», erklärte Frau Hansow begeistert den Kindern und führte ihr Gespräch mit dem Flieger fort. Alle waren still und lauschten der Unterhaltung, ohne ein Wort zu verstehen. Jenny war überzeugt, dass bei fremden Sprachen nur die Buchstaben durcheinandergeraten seien, dass jeder Buchstabe in einer anderen Sprache einen Vertreter habe und diese Verschiebung entschlüsselt werden müsse, wie bei einer Geheimsprache. Jedes fremde Volk hatte in Jennys Augen eine eigene Ordnung des Alphabets. In der einen bedeutete das J einfach das A, in einer anderen das L und in einer nächsten das S. Für jede Sprache war die Gleichung eine andere, und für manche waren es ganz fremde Zeichen, wie die chinesischen Kritzeleien auf den Handtüchern im Bad der Großeltern, unter dem geschlängelten Drachen, der eine Blume anfauchte.

Jenny versuchte, sich ein paar Wörter zu merken, um die Bedeutung später herauszufinden. Aber es war schwer zu entscheiden, was noch ein Wort war und was schon ein halber Satz, und immer wieder gefiel ihr ein neuer Klang, und zum Schluss hatte sie alle vergessen. Plötzlich schauten der Pilot und Frau Hansow wie auf Kommando zu den Kindern. Frau Hansow holte tief Luft, und er lächelte sie von der Seite an.

«Wir dürfen mitfliegen», platzte sie heraus und versuchte, dabei ganz ruhig zu klingen. Neben ihr machte der Pilot eine einladende Geste, wie ein Zirkusdirektor, der zu Beginn der Vorstellung sein Publikum willkommen heißt. Und Jenny fühlte sich, als hätte ein umherirrender Scheinwerfer einen Trommelwirbel lang im Publikum gesucht und dann – mit einem einzigen Tusch – sie ausgewählt, in die Manege zu treten. Neugierig und ängstlich zugleich, ließ sie sich als Erste vom Piloten in den Bauch des Flugzeugs heben. Während ihre Augen sich an das Dunkel gewöhnten, folgten die anderen Kinder und verteilten sich auf beiden Seiten des Flugzeuginneren. Es war ein ovaler Raum, die gewölbten Wände waren verschweißt und hatten wulstige Nähte. Daran baumelten auf jeder Seite mehrere Gurte, die der Pilot um die Kinder wickelte, straffte und festschnallte. Dann verschwand er hinter einer Tür. Für einen Moment konnte Jenny im Cockpit das schwarze Pult mit grauen Knöpfen, Hebeln, Schaltern und das Hellblau des Himmels durch die gewölbte Scheibe sehen. Jetzt begann es laut zu knattern, ein Ruck – der Gurt spannte über ihrem Bauch –, und schon sausten sie über das Feld. Ein Dröhnen grub sich in die Ohren. Durch die Bullaugen sah Jenny die Ackerfurchen zu einzelnen Linien verschmelzen. Sie konnte es kaum glauben. Schon waren sie fast am Wald, gleich würden sie abheben. Da stöhnte Steffen Wegner laut: «Mir wird schlecht.» Seine Glupschaugen traten noch ein Stück weiter hervor, und er stieß hörbar auf, um das Gesagte zu unterstreichen. Frau Hansow löste sofort ihren Gurt, strich Steffen Wegner kurz über den Kopf und eilte ins Cockpit. Die Tür schlug zu, und ehe Jenny sich versah, verringerte sich die Geschwindigkeit, ließ das Dröhnen nach, kamen die Bäume zum Stillstand und endete die Reise, die gerade erst begonnen hatte. Der Pilot öffnete die Luke und setzte die Kinder einzeln ins Freie.

«Angsthase», zischte Jenny, als sie die Erde unter sich spürte, im Blick das Dorf, das sie gern von oben gesehen hätte und geschaut, ob der Sportplatz wirklich quadratisch war und ob die Störche noch in ihrem Nest auf dem Kirchendach saßen oder schon unterwegs nach Afrika waren. Der Pilot schaute Jenny mitleidig an und schloss die Tür. Und Frau Hansow stimmte ein russisches Lied an, das sie den Kindern beigebracht hatte. Sie sangen *Pusst wssegda budet ssonze,* aber schon setzte sich der Propeller in Bewegung. Das Flugzeug rollte davon, wurde immer schneller und hob ein paar hundert Meter weiter ab. Bald war es hinter dem Wald verschwunden. Wortlos nahm Frau Hansow Jennys Hand und trat den Heimweg an. Die anderen trotteten hinterher. Noch eine ganze Weile sangen sie das russische Lied. Jenny sang leiser als sonst.

«Ha», machte der Großvater. «Schau mal!» Er wog etwas in seiner Hand, warf es kurz in die Höhe, fing es lachend wieder auf, beugte sich zu ihr und hielt ihr seine geschlossene Hand hin, rau und rot von der Kälte. Dazu machte er ein geheimnisvolles Gesicht. Schließlich zeigte er seinen Schatz: ein dunkler Stein, der ein Drittel seiner Handfläche bedeckte und, als er die Taschenlampe auf ihn richtete, funkelte wie ein Stück glühendes Holz. Der Großvater kramte sein Taschentuch aus der Jackentasche, wickelte den weinroten Bernstein darin ein und verstaute ihn sorgsam in der Innentasche seiner Jacke. Dann zog er die Handschuhe wieder an und klatschte vergnügt in die Hände.

«Na, nun können wir heimgehen. Oma wird Augen machen», verkündete er fröhlich und peilte den nächsten Dünengang an. Immer wieder fasste er auf Höhe seiner Brusttasche an die Jacke und vergewisserte sich, dass der Bernstein noch darin war.

Die Großmutter staunte. Nein, so einen großen hatten sie noch nicht in ihrer Sammlung.

«Aber Frau Anger», begann sie zu erzählen, als sie beim Mittagessen saßen, «hat mal einen Bernstein gefunden, der war so groß wie ein Kindskopf.» Diese Angers, dachte Jenny, fahren bestimmt mit ihrem Segelboot raus und fischen nach riesigen Bernsteinen, sodass für sie keine mehr übrig blieben.

«Die Angers dürfen ja jetzt sogar auf der Ostsee segeln», sagte die Großmutter und räumte die Teller zusammen. Das war zu viel, fand Jenny und beschloss, niemals mit den Angers mitzufahren, selbst wenn es nach Schweden oder Jugoslawien gehen würde.

Nach dem Essen legte sich der Großvater hin, um ein wenig zu schlummern, wie er es nannte. Dabei war nie richtig herauszufinden, ob er tatsächlich schlief oder ob er nur die Augen zumachte, um sich auszuruhen. Auf dem Couchtisch lag seine Brille, daneben der Bernstein. Jetzt sah er gar nicht mehr besonders aus.

Jenny schaltete den Fernseher ein und setzte sich in den Sessel. Im zweiten Programm lief eine Dokumentation über Tierforscher. Ihr Schiff war sehr groß, mit vielen Messgeräten an Bord. Immer wieder zeigte die Kamera, wie die Männer in ihren Anoraks auf Anzeigetafeln starrten, mit einem Fernglas aufs Meer schauten oder Zahlen in ein Buch notierten. Einmal begleiteten Delphine das Schiff, fröhlich hüpften sie hinterher. Seepferdchen wurden leider nicht gezeigt. Auch Matrosen waren nicht zu sehen. Bald erreichte die Besatzung ihr Ziel. Es waren karge Felsen und ein paar seltsame Vögel zu sehen, dann die unbeweglichen Leiber riesiger Echsen. Die kleinen Köpfe und Kämme auf ihren Rücken sahen aus wie angeschraubt. «Tagelang lagern sie regungslos auf den Steinen. So wie hier muss die Erde vor Millionen von Jahren ausgesehen haben», sagte der Sprecher bedeutungsvoll. Auf den Galapagosinseln war die Zeit stehengeblieben. Jenny holte den Atlas, der im Regalfach über dem Fernsehgerät lag, und schlug die Weltkarte auf, während die Forscher im Fernsehen sich an brütende Vögel heranrobbten.

Der Großvater blinzelte und schaute herüber. Er half ihr, die Inseln zu finden. Es waren drei Krümel im hellblauen Ozean, noch kleiner als die kleinsten Bernsteine im Apothekerglas.

«Da will ich hin.» Jenny schaute den Großvater an.

«Später vielleicht», murmelte er und faltete die Wolldecke zusammen, bis die Fransen ordentlich übereinanderlagen.

«Sch-sch-sch», machte Jenny und schob ihren Zeigefinger durch den Atlantik bis zur südamerikanische Spitze, bog vor dem südlichen Polarkreis ab und nahm bei Feuerland neuen Kurs Richtung Norden.

«Nimm den Panamakanal», sagte der Großvater und tippte auf einen Strich zwischen Nord- und Südamerika.

Jenny betrachtete die verschiedenen Farben auf der Karte. Die Sowjetunion war von einem fröhlichen, fleischigen Rosa. Die USA hatten ein zurückhaltendes Blau, das fast so hell war wie die Atlasfarbe des Meeres.

Jenny suchte Unserland. Wieder musste ihr der Großvater helfen. Unserland war klein, kleiner noch als ihr kleiner Fingernagel, und rosa wie die Baltische Plattmuschel. Einen Augenblick lang war sie erschrocken gewesen, dass es so winzig war, wo es doch bei den Olympischen Spielen im letzten Jahr so groß gewesen war. Jetzt entdeckte sie auch Schweden. Es war gelb und nur eine Nagelspitze weit entfernt. Seltsam, dass man es vom Strand aus nicht sehen konnte.

Neben dem kleinen rosafarbenen Land befand sich ein etwas größeres Graues.

«Das ist Drüben», sagte der Großvater, bevor er aus dem Zimmer ging. Jenny nickte verwundert. Drüben lag bereits auf der anderen Buchseite des Atlas. Der Bund verlief genau entlang der Grenze zwischen den beiden Ländern und verschluckte einen Teil von Drüben.

Es war ihr ein Rätsel, warum Drüben grau war.

Kapitel 6

Die Fenster sind groß. Hinter den Scheiben zieht ein Feld vorüber. Das gelbe Korn glänzt stumpf in der Morgensonne. Baumgruppen wandern am Horizont mit dunklen Kronen. Darüber breitet sich ein Himmel ohne Wolken. Die Landschaft ist weder hügelig noch flach. Sie verrät nichts, es könnte überall sein. Nicht zu glauben, dass sich dahinter das Meer erstreckt. Ich weiß nicht mehr, ob ich weiß, wo ich bin.

Ich war bei meinen Großeltern, saß heute Morgen mit ihnen am Kaffeetisch und schaute aus dem Fenster ihres neuen Häuschens auf den kurzgeschnittenen Rasen.

Sie fragten nach dem Studium und schenkten ungefragt nach. Ich schreibe erst mal ein Buch, sagte ich. Über Matrosen und ihre Uniform. So so, sagte mein Großvater und rührte lange in seinem Kaffee.

Lautlos rollt der Zug über die neue Brücke auf das Festland. Auf dem Wasser ankern Segelboote. Aus Neugier fahre ich in die Stadt, in der ich geboren bin und in der ich lange nicht mehr war, seit meine Mutter weggezogen ist. Ich will sehen, was ich wiedererkenne. Nichts gibt es dort zu erledigen, nur ein Gefühl zu überprüfen.

Die Sonne blendet, als ich aussteige. Nach einem Moment knattert der Willkommensgruß aus dem Lautsprecher. In einem gläsernen Kasten schiebt die Sprecherin ihren Kopf zwischen den versteinerten Grünpflanzen zum Mikrophon und blickt auf die sich verzweigenden Gleise.

Ich gehe durch die Drehtür in den kalten Rauch des Warteraums, an den vergitterten Luken und klingelnden Spielautomaten vorbei. Stadtpläne zum Mitnehmen. Draußen ist es weder warm noch kalt. Es sind Ferien. Der Vorplatz ist leer. Die Stadt schläft. Ich steige auf den Wall, gehe durch den Schatten der Kastanien über den erdigen Boden. Durch das Dickicht sehe ich hinter dem schmalen Stadtgraben das kleine gelbe Haus, in dem Wolfgang vor hundert Jahren geboren wurde. Er ist das uneheliche, vaterlose Kind von Marie, ein Fräulein, das tagsüber die Wäsche anderer Leute stopft und abends ihrem Sohn vorliest, die Märchen der Grimms, die Abenteuer Sindbads.

Ich gehe weiter, an den fleckigen Resten der roten Stadtmauer entlang zur Marienkirche, der ältesten der drei Stadtkirchen. In der Portalhalle verkauft mir eine Frau die Erlaubnis, zu fotografieren. Mit dem gelben Zettel in der Hand betrete ich die hohe, chorlose Halle. Im kühlen Schiff streben die Pfeiler in Bündeln zum Himmel und verästeln sich in den sich kreuzenden Rippen des Gewölbes.

In einer Seitenkapelle hängt ein lebensgroßer Walfisch. Mit zwei Hörnern schwebt er lächelnd auf dem weißen Grund der gekalkten Kirchenwand, verrät nichts von seinem elenden Tod, am Strand, fern von den heimischen Gewässern. Verendet, von seiner eigenen Last erdrückt, vor mehr als vierhundertfünfzig Jahren.

Ich frage mich, wo sein Skelett heute liegt, als ich durch den Schuhhagen laufe, die enge Geschäftsstraße, eine frisch gepflasterte Fußgängerzone. Diese Straße kenne ich, aber nicht von hier. Ich komme zum Markt, auf dem sich die Bürgerhäuser mit gotischen Giebeln von ihrer besten Seite zeigen. Hier steht Marie an einem schneelosen Februarsonntag neunzehnhundertneun mit ihrem unehelichen Kind, Wolfgang, im Arm. Sie warten. Kurz nach zwölf steigt endlich der große dunkle Ballon hinter den Kesseln der Gasanstalt auf, verfehlt knapp die nackten Äste des Kirchgartens, gleitet über die Telefondrähte und umschifft lautlos den breiten Turm der Marienkirche. Er schwebt über den Markt, über die Köpfe der Kleinstädter, über Marie und Wolfgang hinweg, für die er bald als dunkler Punkt in der Ferne verschwindet.

Es ist der *Pommern* auf einer Freifahrt. Ein Hanfnetz hält die unruhige Kugel mit feinen Maschen im Zaum. An

den Seilen flattert der spitze Wimpel des Vereins für Luftschifffahrt, hellblau mit einem breiten weißen, schrägen Querstreifen. Außen am Korb aus spanischem Rohr hängen zwei Anker – einer fürs Land und einer fürs Meer –, ein Schlepptau, eine Flüstertüte und zwanzig Säcke mit gesiebtem Sand. An Bord sind fünf Luftschiffer, darunter der Ballonführer, ein Oberleutnant aus Berlin und sein Aspirant, ein stadtbekannter Arzt, ein Privatdozent, der Tennisplatzhirsch, Wolfgangs Vater. Er hat den frühkindlichen Tränenkanal erforscht und lehrt an der medizinischen Fakultät der Greifswalder Universität. Ein Hobbyballonfahrer, ein Mann, der sich treiben lässt, wohin der Wind ihn trägt. Im Luftballon schwebt er nach Südwesten, über die Bahnhofstraße hinweg, über das kleine Haus, in dem Marie mit Wolfgang lebt, und die Wohnung im ehemaligen Landratsamt, die er mitsamt Kutsche gemietet hat; viel zu groß für einen Junggesellen und viel zu teuer für einen Augenarzt. Hinter der Fleischervorstadt, dem Armenviertel, tauchen sie über rostige Güterwaggons in die tiefhängenden Wolken, mit dem Gefühl, stehenzubleiben, während die Erde unter ihnen versinkt. Der Doktor schaut auf sein Taschenbarometer, sieht, wie sich der dünne Zeiger flackernd zur Seite dreht. Sie steigen immer weiter, bis der pralle Ballon sein Gleichgewicht findet, fünfhundertsechzig Meter über der Erde, im stummen Wolkenmeer. Hier oben ist es, als ob sie für immer stillstehen und im Nichts hängen bleiben würden. Niemand redet. Alle schweigen und sind allein mit ihren Gedanken und Plänen. Ihr Ballon kennt kein Ziel. Den Kurs gibt der Wind vor. Kein Anhaltspunkt verrät, wo sie sich befinden. Unmöglich, in den Wolken die Fahrtrichtung zu bestimmen. Der Doktor glaubt, ein Rauschen und Möwenschreie zu hören. Vielleicht sind sie schon aufs Meer getrieben. Der Oberleutnant zieht die schwarz-weiße Leine des Ventils, bis zwischen den Wolkenbildern unter ihren Füßen die Erde als blasse Geographie dunstig hervorschimmert. Mit ausgestrecktem Finger fährt der Doktor unruhig über die Karte bis hoch zur Küstenlinie und schaut durch Wolkenlöcher zum dunklen Grund. Das Meer ist nicht zu sehen, aber Möwen kreisen mit schwarz geränderten Flügeln um den Korb.

Die roten Füße sind gebogen wie der leuchtende Schnabel, den sie immer wieder aufreißen, um im Takt des Flügelschlags ihr helles Krächzen auszustoßen.

Diesen Flügelschlag versuchen die Flieger nachzumachen und lesen die Vogelflug-Schriften des Storchennachahmers. Mit schwarzen Strümpfen hängt er sich in Drachenflügelapparaturen, springt von seinem aufgeschütteten

Berg, winkelt die Beine wie Kinder beim Schwungholen auf der Schaukel, übt das Gleiten und segelt ein paar hundert Meter weit.

Eines Tages erfasst ihn ein Aufwind, und er stürzt ab. Ein gebrochenes Rückgrat in den Rhinower Bergen.

Schwerer oder leichter als Luft? Über den richtigen Himmelsweg streiten sich die Geister der Luftfahrt und sitzen bei Vereinssitzungen an getrennten Tischen. Die Luftschiffer murren, und die Flieger applaudieren, als der neue Weltrekord für Dauerflug verlesen, der Sieger des Michelinpreises bekanntgegeben wird: In den letzten Stunden des Jahres neunzehnhundertacht, in der mondhellen Silvesternacht, schafft der Amerikaner mit dreißig Pferdestärken hundertdreiundzwanzig Kilometer in zwei Stunden und zwanzig Minuten.

Ballons halten sich länger in der Luft. Der *Pommern* ist schon seit vier Stunden unterwegs, und die Sandsäcke reichen bis zum Einbruch der Dunkelheit. Was soll das Lenken, was nützt ein Ziel? Hauptsache, man ist in der Luft, nutzt die Strömungen des Windes und kommt den Baumkronen nicht so nah, denkt der Doktor.

Noch immer weiß er nicht, wo er ist. Er vergleicht die zerstreuten Häuser mit den Vierecken auf der Karte, hält Ausschau nach einem Bahndamm, blättert in den Karten und horcht in das stumme Panorama. Aber da ist kein Laut und kein Zeichen. Kein Hochofen, kein Leuchtturm, kein Eisenbahnarm verrät ihre Position. Nur glattes Land, ein paar Waldungen und Felder wie überall.

Man müsste die Ortsnamen für den Luftverkehr auf die Kirchendächer schreiben, ein paar Meter hohe Buchstaben mit selbstleuchtender Farbe nach Norden ausrichten, dazu einen Strich für eine nahe Grenze, eine Welle für die nahe See. Und schon wäre die stille Landschaft eine perfekte Karte.

Wieder bedient der Ballonführer das Ventil. Gas strömt in die Wolken. Der Ballon gehorcht, und der Korb sinkt schnell, sodass die Trommelfelle spannen und die Luftschiffer kräftig schlucken. Aus Punkten werden Menschen, die mit rudernden Armen über einen kargen Acker laufen. Ein Hund verfolgt das Schleppseil, das eine schnurgerade Linie zieht. Der Doktor beugt sich mit der Flüstertüte über die geflochtene Reling:

Hallo! Hier Luftballon! – Wie heißt der Ort?

Eine Frau reißt den Mund auf, sagt aber nichts. Niemand nennt den Namen. Die Kinder machen Hoh und Hah, und die Bauern rufen: Kiek Luftballon! Kommt eins runter! Zeppelin!

Jeder kennt den weißbärtigen Grafen mit der vorgeschobenen Schirmmütze und seine fliegende Zigarre, den riesigen Torpedo vom Bodensee, die Bilder vom ausgebrannten Aluminiumgerippe in den Apfelbäumen bei Echterdingen, das glücklichste aller Luftschifffahrtsunglücke. Sie haben alle gespendet, sechs Millionen Goldmark für Deutschlands Vorsprung in der Luft, und sammeln die Ansichten mit dem Luftkreuzer auf Paradefahrt vor den Sehenswürdigkeiten des Reiches: über dem Straßburger Münster, dem Kölner Dom, dem Brandenburger Tor und dem Völkerschlachtdenkmal hinter Baugerüsten.

Auf den Postkarten sind die Schnurrbärte vereint, der Kaiser und der Graf, Poseidon und Dädalos, mit ihren neuesten Schiffen über und unter geschwungenen Spruchbändern, die eine Zukunft auf dem Wasser und einen Platz an der Sonne, das Erbe der alten Hanse versprechen, dort, wo Matrosen in tropenweißen Anzügen mit Panamahüten und braunen Schönheiten im Arm für die Heimataugen posieren: Unsere Marine in der Ferne, Grüße aus den Kolonien, aus Deutsch-Samoa und dem Kaiser-Wilhelm-Land.

Die starren Schiffe treiben in der Luft wie auf einem Meer. Endlich kauft auch die Marine ein Himmelsschiff, um die britische Flotte, seit Nelson die größte Seemacht der Welt, in der Luft zu überholen. Das neueste und größte Luftschiff des Grafen hat einen hundertachtundfünfzig Meter langen Rumpf, schlank wie ein Bleistift, mit zierli-

chen Luftschrauben und steuernden Fächern. Am dreiecki-
gen Kiel hängen zwei offene Gondeln, nicht größer als die
Barkasse der kaiserlichen Yacht.

Die Matrosen, die sich über die Reling lehnen, haben die
Prüfung bestanden; Augen und Ohren sind gut, das Herz
und die Nerven stark. Sie haben ein Gefühl für die Luft
und keine Heirat im Sinn. Sie tragen die gleiche Jacke wie
ihre Seekameraden, die gleichen Streifen am Exerzierkra-
gen. Nur am Arm prangt die goldene Keule im Oval.

Die Bodenmannschaft schiebt die Boote in die Luft, hält
die weit gespreizten Seile, bis sich der schwerfällige Körper
über ihre Köpfe erhebt, die *L1*, das erste Marineluftschiff.

Es ist ein sonniger Dienstag, der neunte September neun-
zehnhundertdreizehn, als es Kurs auf die offene Nord-
see nimmt, um beim Herbstmanöver den gespielten Feind
zu entdecken. Mit verteilten Rollen proben sie den Krieg,

stellen vergangene Schlachten nach und üben zukünftige ein. Der längliche Rumpf schwebt über das weite Meer. Sein schwerer Schatten begleitet ihn wie ein riesiger Wal unter der gekräuselten See.

Dreizehn Meilen vor Helgoland geraten sie in ein Gewitter. Regenmassen rinnen vom Kiel. Starke Abwinde werfen das Schiff hin und her, eine heftige Bö drückt es in das schäumende Meer, wo es mit einem lauten Reißen in zwei Teile zerbricht. Das Heck sinkt schneller. Der Bug ragt erst hundert Meter in den Himmel, bis auch er in der kalten See untergeht. Vierzehn Besatzungsmitglieder ertrinken, sechs werden von einem Fischkutter gerettet. Der erste Absturz eines Zeppelins, der Menschenleben kostet.

Ein Jahr davor stürzt auch der Doktor ab, bei einer Nachtzielfahrt des Berliner Vereins. Man findet ihn im Korb zusammengesunken in der Nähe von Rostock. Eine Notlandung, weil er fürchtete, aufs offene Meer zu treiben. Er überlebt schwer verletzt. Es steht in der Zeitung, Marie gibt die Meldung ihrem Sohn, Jahre später, zusammen mit anderen Ausschnitten. Die Zeitungsschnipsel verkünden den Gewinner eines Schlittschuhrennens auf dem zugefrorenen Bodden, die Sprechzeiten der Praxis, den Umzug des Privatdozenten nach Berlin und ein Schreiben vom Gericht die geleugnete Vaterschaft.

Wolfgang verachtet die Luftschifferei des Vaters, verleugnet den Vater, sagt: Ich habe keinen Vater.

Er geht nicht zur Schule, sondern liegt mit dem Atlas im Bett und betrachtet die bunte Geographie, die ausgeworfenen Netze der Projektionen, die scheinbare Bewegung der Sonne und Sterne. Seine Hand streichelt den italienischen Stiefel und die Küsten Samoas, und sein Finger folgt den Passatwinden und den Meeresströmungen durch das schwarze, das rote, das gelbe Meer.

Er sieht sich auf Masten klettern, bunte Flaggen setzen, sich den Schweiß mit dem Handrücken abwischen, Zigaretten mit tiefen Zügen rauchen und nach fernen Landzungen Ausschau halten. Er ruft: Sesam, öffne dich!, wünscht sich schlaue Tiere zum Freund, träumt von einem Schiffbruch auf offener See.

Beim Fotografen spielt er grinsend den Ehemann, den linken Daumen in der Hosentasche, steht er links, nimmt Marie in den Arm. Er blickt direkt in den Apparat. Das Kinderhemd ist zu klein, die Ärmel sind zu kurz.

Die Kieler Bluse strafft über dem anschwellenden Brustkorb, und die Rippen stemmen sich gegen die dünnen Streifen, als er tief Luft holt und sich vor dem Rektor aufbaut. Er kündigt die Schule, die Kindheit. Es lohnt nicht, einen neuen Bleyle zu kaufen, den es im Schuhhagen von der Stange gibt. Er verabschiedet die Mutter, das gefallene Mädchen, verlässt die verhasste Geburtsstadt und folgt den gefallenen Jungen auf See. Er heuert an, fährt als Kochjunge auf einem Frachtdampfer im Baltischen Meer, wohnt ein paar Wochen auf schwankendem Boden.

Einen Schiffbruch erleidet er nicht. Die See ist ruhig und schwer. Er wäscht das Geschirr, er macht die Betten, fegt die Kajüten und kocht für achtzehn Mann. Widerwillig tötet er die Fische, die er braten soll. Dazu serviert er Pellkartoffeln. Die Besatzung ist beleidigt. Mit Gejohle werfen die Matrosen ihm die ungeschälten Kartoffeln in die Kombüse. In ihren Monteursoveralls ähneln sie den Männern, die beim Zirkus das Zelt aufbauen. Sie setzen keine Segel, sondern drehen die Winde, laden Papierholz und holen in den hellen Mittsommernächten den geschmuggelten Schnaps aus den Verstecken. Auf der Reede von Haukipudas hocken die Seemänner mit aufgeknöpften Hemden und kraulen mit schiffstaugen Händen ihre Andenken von Übersee. Auf einer Brust aalt sich ein grün gestrichelter Frauenkörper unter einem dichten Fell von gekräuseltem Haar.

Nachts kann er nicht schlafen, liegt wach in seiner Kammer neben der stampfenden Maschine. Abenteuer erlebt er keine. Bevor das Schiff nach Indien ablegt, geht er von Bord und denkt: Ich habe keine Heimat.

Wolfgang ändert seinen Namen, heißt nicht mehr Köppen, sondern Koeppen, lässt den Umlaut in der Geburtsstadt und zieht mit einem Buchstaben mehr nach Berlin.

Sein neues Schiff ist die Terrasse des Romanischen Cafés. Unter seinem Segel beobachtet er die Stadt. Sein Geld verdient er als Glühlampentester. In einem dunklen Saal beaufsichtigt er die Lampen, bis sie verglimmen, und führt Buch über ihr Versagen.

Er will seinen Vater sehen – aus Neugier, nicht aus Verlangen – und geht unter falschem Namen in seine Praxis in der Fasanenstraße am Kurfürstendamm. Wolfgang zeigt ihm sein zuckendes Auge, erzählt von einem Flimmern, einem schwarzen Punkt, dem blinden Fleck. Dabei beobachtet er aus den Augenwinkeln sein Gegenüber im weißen Kittel, sieht die Falten, das Kinn, den Mund, der ihm etwas sagen müsste. Er wünscht sich, dass der Blick ihn erkennt, ihm die Augen hinter der verspiegelten Augenklappe zuzwinkern, der Kopf kurz nickt. Der Arzt kneift die Lider zusammen, um die Pupille besser zu sehen, und sagt: Sie haben nichts an den Augen. Ihre Augen sind in Ordnung. Das macht zehn Mark.

Den *Potemkin* sieht Wolfgang im Marmorhaus am Auguste-Viktoria-Platz und empört sich im verdunkelten Saal mit den Meuterern über das verdorbene Fleisch, geht nach der Vorstellung mit aufständischen Gedanken in ein Emigrantenlokal und lässt sich Tee servieren von Mädchen, schön wie die toten Zarentöchter. Später steht er auf der Hafentreppe in Odessa, sucht den Kreuzer aus dem Film mit dem schaukelnden Matrosen in der Ankerkette.

Er marschiert die Stufen hinunter wie ein Kosak. Überall wehen rote Fahnen und singen Lautsprecher. Steht unter dem winzigen Balkon, von dem die Revolution ausgerufen wurde, und rollt auf den langen Treppen Leningrads in den Untergrund. Er sonnt sich in der baltischen Sonne, besichtigt vergangene und zukünftige Tatorte, wünscht sich ein immer gültiges Ticket, das ihn jederzeit irgendwohin bringt, in einem Flugzeug, schwerer als Luft. Seine Vorstellung vom Kommunismus ist, ohne Ausweis überall hinreisen zu können. Sein Passfoto besteht an vielen Grenzen die Prüfung. Am überfüllten Times Square steht er wie ich zwischen Soldaten, Matrosen und Fliegern.

Seine Geschichten sind voll von Geschichte, zu der alle Zeit wird, jeder einzelne Augenblick. In Venedig denkt er an Napoleon, in Spanien an Columbus, in Amerika an Kafka. Immer wandert er durch die Labyrinthe Piranesis und denkt in Korallen, nicht in Bäumen. Er wohnt in den weitverzweigten Geschichten. Die ziellosen Stränge wachsen an unerwarteten Stellen zusammen oder fallen als abgestorbene Fragmente auf den Meeresboden, Berichte, Skizzen und Anfänge von Romanen. Alles ist möglich. Was wäre gewesen, wenn, fragt er sich und verschiebt den Schluss. Ist ein Text fertig, will er ihn noch einmal schreiben. Jede Saison wird ein Roman angekündigt, den er nicht schreibt. Er denkt an Eisenstein, der sich an Mexiko berauscht und kein Ende finden kann, sondern nur Bilder, und mit dreiundsiebzigtausend Meter belichtetem Material, aber ohne Film in die Heimat zurückkehrt. Wolfgang will einen großen Roman schreiben, über die verhasste Geburtsstadt, eine erfundene Autobiographie, Erinnerungen an eine fremde Jugend. Es wird ein Fragment, ein mäanderndes Geflecht von nebeneinanderstehenden Geschichten.

Die Reise in das Nachbarland ist weit. Hinter der Friedrichstraße liegt die konkurrierende Welt, das nebenherlaufende System. Er hat einen Wunsch frei und wählt aus Neugier Greifswald, um ein Gefühl zu überprüfen. Mit Chauffeur durchfährt er in einer schwarzen Limousine die hohen Neubaublöcke am Ortsrand. Sie rahmen die Stadt, als wäre sie eine Metropole. Für Wolfgang baut niemand Kulissen. Das Haus, in dem seine Mutter starb, zerfällt, die Tür ist vernagelt. Die ganze Stadt ist verfallen. Im Krieg kampflos der Roten Armee überlassen und seitdem aufgegeben.

Gott sei Dank bin ich rechtzeitig abgehauen. Mit dem Stockschirm geht er über den Fischmarkt, durch die engen Straßen und beobachtet die Einwohner, als wären sie Überlebende einer stillen Katastrophe. Drei Stunden bleibt er in der Stadt.

Seine letzte Seefahrt geht von Singapur nach Genua, auf der MS Odessa über Bombay und Akaba zurück nach Suez, durch die bunte Geographie seines Schulatlas. Auf dem Hinflug von Amsterdam nach Singapur landen sie auf einem freien Feld, mitten in der Nacht. Die Crew wechselt. Wolfgang steigt die Treppe hinunter und weiß nicht, wo auf der Erdkugel er gerade steht. Es ist warm. Er möchte sich hinlegen und von unten das Flugzeug mit rot blinkenden Lampen wegfliegen sehen.

Noch bevor das neue Geld kommt, wird Wolfgang von

der Universität, an der sein Vater lehrte, eingeladen. Der traurige Potemkin kehrt ein letztes Mal heim, sitzt mit weißem Haar im roten Zimmer und lässt sich eine Urkunde aushändigen. Rektoren mahnen von den Wänden, die Holzsäulen ahmen den Marmor nach, die Stühle sind hart wie die Kirchenbänke der dicken Marie. Er nimmt den Ehrendoktorhut der Geburtsstadt. Danach ein kaltes Buffet. Er stützt sich auf seinen Stock und lässt sich zwei Schnittchen reichen, fährt hinaus an den Bodden zu den funkelnden Backsteinen des Klosters, steht im Spitzbogentor und sagt: Das ist sie nicht.

Die echte Ruine hat der Maler längst mitgenommen, Stein für Stein abgetragen in die Bilder ferner Galerien. Dort schweigt sie inmitten von Tälern und Wäldern, verschweigt ihre Herkunft, den flachen Bodden, den angeschwemmten und verendeten Walfisch.

Heute hängen Bilder mit der Abtei in Wolfgangs Mittelschule, in einem hellen Saal. Das Haus ist eine Galerie, der Keller ein Museum. Ich tauche im Kreidemeer, durchwandere die Eiszeit und verwette zehn Cent auf die Stelle, wo Vineta untergegangen ist. Unter der Küstenkarte stehen drei mit Wasser gefüllte Zylinder für Peenemünde, Barth, Koserow. Ich werfe die Münze in den Sparschlitz. Mit einem Klingeln fällt sie auf eine silberne Waage. Eine digitale Anzeige misst das Gewicht. Die schmale Stelle bei Koserow führt.

Unsere Schulen trennen nur der braune Wall und der winzige Stadtgraben. Ich stehe vor dem kasernengroßen Bau mit gelben Klinkern am Ernst-Thälmann-Platz, gegenüber vom eingezäunten Ehrenfriedhof sowjetischer Soldaten, deren Namen ich niemals verstehen werde. Der Stern steht noch immer siegessicher auf dem Obelisken aus Beton. Auf dem Schulhof suche ich die weiße Linie im grauen Zement.

Unser Land heißt Unserland. Unsere Heimat, eine Familie, ein Vaterland mit Muttersprache. Eine Tabelle, Bäume unsrer Heimat – ein Wort folgt aufs andere: Laubbäume – Eiche, Kastanie, Birke, Linde, Buche, Pappel, Ahorn; Nadelbäume – Tanne, Kiefer, Fichte, Lärche. Die Natur in Tabellen ordnen, Pflanzen unterscheiden, binär denken. Merkmale suchen. Das Wetter im Herbst. Unsere Haustiere. Unsere Obstbäume. Das Getreide. Wichtig: Das Getreide gehört zu den Gräsern, die Fruchtstände unterscheiden sich in ihrem Bau. Ähre – Weizen, Roggen, Gerste; Rispe – Hafer. Unser täglich Brot und die Pioniergebote sind an zwei Händen abzuzählen. Vater und Mutter sind auch dabei. Wichtig: die Freunde, die ineinander verschränkten Hände, die Hand am Käppi, das Brüllen: Freundschaft. Schaft, als wäre es der Stiel einer Fahne, auf der *Freund* geschrieben steht. Flatternde Fahnen, die Stange auf dem Schulhof klappert wie Hufe im Galopp. Das hohle Klingen der Seile daran, Stahl, unverzinkter Kohlenstoffstahl rostet schnell, grau gestrichen wie die Heizungsrohre, die sich paarweise durch den gelb gefliesten Schulflur schlängeln. Dastehen, immer montags beim Wochenwort, die Augen geradeaus. Die Klassen beäugen sich, die Großen die Schwachen, die Starken die Kleinen, und legen die Daumen an den Scheitel, sind bereit, immer bereit. An der Wand hängen ausgeschnittene Papierversalien und am Ende des Flurs das Dresdner Bildnis von einem Jungen mit blauer Kappe, der die Haare wie ein Mädchen trägt.

Sein Hemd ist hoch verschlossen, darunter hebt sich ein großer Brustkorb. Die volle Unterlippe seines Kindermundes ist ein klein wenig hervorgeschoben, ob von Natur aus oder gegen sie. Die Landschaft dahinter ein Bühnenbild, eine Idylle mit zarten Bäumen an einem See, ein paar Türme hinter den braunen Strähnen. Wer es ist? Niemand weiß es genau. Raffael vielleicht. Es ist die Mona Lisa meiner Kindheit. Sie ist überall. Mit blassem Kindergesicht schaut sie aus dem dünnen Rahmen, auf den Gang, in die Klassenzimmer, auf die Fensterbänke, die mit Kiesel und Feuersteinen gefüllt sind.

Mit großer Sorgfalt zeichne ich das Getreide. Für die Blätter nehme ich zwei verschieden grüne Stifte. Eine Ähre biegt sich im Wind. Eine Brise weht übers Feld. Ein Meer, durch das ich renne, die Traktorspuren entlang, über die feuchte Erde, die schwarz über die Sohlen quillt. Darüber die Halme des Weizens, der Gerste, sie streicheln die Knöchel und peitschen die Waden. Ich laufe zu den Inseln aus Bäumen. Außer Atem kauere ich mich in einen Hochstand, bis es Abend wird. Kinder verehren die Maschine, die das Stroh in piekende Quader packt. Das hellblaue Maul frisst sich in Schrittgeschwindigkeit durchs goldene Meer. Im gläsernen Gehäuse sitzt ein Mann an Hebeln. Das Rohr ragt aus der braunen Stoppelerde. Es riecht nach verbranntem Brot. Blaue Adern übersäen die Unterarme der Arbeiter und die Stirnen der Denker. Ein Räderwerk, das ganze Land, wie ein Perpetuum mobile immer in Bewegung, der Windstille zum Trotz. Auch wenn da nichts bei rauskommt, nichts bei rumkommt, wie ich später lerne: Immer weitermachen. Dabei sein ist alles. Alle arbeiten. Alle werkeln, bohren, schrauben, zünden, hämmern, melken, schrubben, bauen, forschen, sägen, schreiben, lehren, singen. Manche sind nur zum Sprechen da.

Pusst wssegda budet ssonze: Immer lebe die Sonne, die Mutti und ich. Eine Muttigottes, ährenumkränzt, aus ihrem Kopftuch fällt eine Strähne, auf der Stirn perlt der Mutterschweiß, glänzt auf den gedrechselten Armen unterm hochgekrempelten Hemd.

Eines Morgens fehlt die Fahne. Wir stellen uns nach der Größe auf, die Fußspitzen an der weißen Linie auf dem Platz. Die Ansager wünschen sehr laut nur guten Morgen. Sie brüllen es über den Hof, als würde es mehr bedeuten, und dieses Gutenmorgen unter dem kahlen Mast sagt eine kurze Zeit, ein halbes Jahr lang: Jetzt.

Die Hanse ist wieder da, rot-weiß tönt sie von den frischgestrichenen Fahnenstangen, selbst die Nummernschilder vermissen den alten Bund: *HGW* steht da, auch auf dem Bus, den ich nehme, raus in das Fischerdorf, um auf die kleine Insel zu fahren, auf der ich noch nie war.

Alte Postkarten hängen zu Postern vergrößert in den ehemaligen Heimen. Die Vergangenheit ist das Ziel. Eingeborene werden gesucht, berühmte Söhne, neue Tote. Alles soll wie früher werden. Eine zierliche Fraktur schmückt den Giebel des *Preußenhofs* und verdrängt den Hammer der Bergarbeiter, die im Erzgebirge bleiben.

Auf ganz Usedom werden Seebrücken gebaut, lange, dünne Finger, die ins Wasser reichen, Holzwege für Spaziergänger, Landungsstege für den Fährverkehr. Das Säuferschiff holt die Enttäuschten. Für Einsfuffzich gibt es einen Klaren und die Fahrt nach Polen. Man übt sich im Diktaturenvergleich und hält das neue Geld an der Kasse fragend über dem verkratzten Schälchen. Der Bunker wird abgetragen, zerlegt, vom Berg gerollt und in die neue Brandungsmauer einbetoniert. Männer schweben in der Konzertmuschel und verspachteln die Risse. Schilder nummerieren die Strandaufgänge. Kinder gehen mit Luftmatratzen ins Meer. Touristen staunen über die Nackten. Das Promenadenpersonal lernt Englisch. Mit Meerblick und kontinentalem Frühstück, neue Etiketten für alte Sandmoränen: *Die Riviera des Ostens* mit Blick auf die Oie, *das Helgoland der Ostsee,* anderthalb Kilometer lang, einen halben Kilometer breit, wo Shetlandponys weiden. Ein belgischer Bestattungsunternehmer will die kleine Insel kaufen, um dort Berühmte zu begraben. Die Shetlandponys werden krank und wieder abgeholt.

Einundzwanzig Kilometer ist die Oie von Zinnowitz entfernt. Ein ungebrochener Rekord: Am neunzehnten Juli neunzehnhundertsiebenundzwanzig schwimmt der Kochgehilfe Günter Ritter die Strecke in zehn Stunden und zweiundzwanzig Minuten. Am Ziel wird ihm ein mächtiger Kranz wie ein Rettungsring über seinen mageren Körper geworfen. Der Kurdirektor überreicht ihm hundert Mark und eine silberne Uhr. Eine Saison lang hat er geübt, schwimmt nach seiner Mittagsschicht parallel zum Strand, bis hinter die schmalste Stelle der Insel. Er trainiert für den fernen Leuchtturm, der nachts übers Meer leuchtet, auch heute noch das stärkste Leuchtfeuer weit und breit.

Die Reederei fährt ab fünfzehn Personen. Ich zähle die Wartenden an Bord. Die flaumbärtige Reedersfrau schüttet Kaffee in die Peene. Das Motorboot legt ab und fährt durch den Strom der Mündung entgegen.

Wem nützt heute noch die Hanse? Amerika ist entdeckt, statt Koggen fahren längst Container über den Ozean. Die Luftschiffer haben sich geirrt. Die Flugzeuge, die mich in die ganze Welt bringen, sind schwerer als Luft. Aber der Wind ist nicht zu zähmen. Die Luft bleibt gefährlich, entzündet die gelblichen Brocken am Strand, den giftigen Phosphor, der wie Bernstein leuchtet.

Im Herbst neunzehnhundertzweiunddreißig fährt Wolfgang von Rügen aus auf die Oie, um Dreharbeiten mit dem blonden Hans zu besichtigen. Die Insel ist für einen Science-Fiction-Film mit Wellblech verkleidet worden, ein lärmendes Babelsberg in der Ostsee, das eine Flug-Plattform im Atlantik spielt. Das Bild der Insel kommt langsam näher, die steilen Küsten, ein paar Häuser, der backsteinerne Turm. Auf dem Molenkopf stehen Matrosen und winken. Wolfgang schreibt in sein Notizbuch: Ihre Marineanzüge sind so marineblau und ihre Haut ist so wetterbraun, dass sie unmöglich Matrosen sein können.

Die einzigen echten Matrosen, die es hier jemals gab, waren die Grenzbeschützer. Sie patrouillieren mit Schnellfeuerwaffen am Strand auf und ab, belauern den Luftraum, bewachen die Seegrenze, beschützen das Meer. Ein Radar horcht in die See. Mit Feldstechern zielen sie auf zwei sich nähernde Punkte, melden die Republikflucht zweier Jungen, die das Pionierhalstuch nicht mehr tragen dürfen. Sie haben die Heimat verraten, unser Land.

Das Motorboot schaufelt sich durch den Peenestrom, nach Norden, an der ehemaligen Lotseninsel vorbei, und nimmt Kurs auf das offene Meer, wo die Wellen höher werden und schaumlos bleiben. Fischräuber sitzen auf den Drähten der Betoninseln, erloschenen Leuchtfeuern für die Düsenjäger. Und am Horizont läuft das Wasser in den Himmel.

Ich lehne zusammen mit einem Kind über den Bug. Die Sonne steht hoch. Das Wasser glänzt wie Zellophan. Zwei Elektriker hocken in Blaumännern auf ihren Werkzeugkästen und reden vom Mittelmeer. Immer näher kommt die Oie mit ihrer lehmigen Steilküste und dem ochsenblutroten Turm. Darüber ziehen zerrupfte Wolken und ein unruhiger Kormoran. Auf der Steinmole hocken riesige Möwen mit Adleraugen. Es riecht nach fauligem Seetang.

Die Reedersfrau wirft die Leinen und schiebt die Stelling krachend auf die Mole. Ich gehe an Land.

Bildnachweise

Seite 25/73: Sieghard Liebe, Leipzig
Seite 42/45/46: Beinecke Rare Book and Manuscript Library, New Haven
Seite 44: bpk – Bildarchiv Preußischer Kulturbesitz, Berlin
Seite 81: Courtesy of the Jersey Heritage Trust, Saint Helier
Seite 96: Svenja von Döhlen, Berlin
Seite 127: Wolfgang-Koeppen-Archiv, Greifswald / Suhrkamp Verlag, Frankfurt am Main

Die Autorin dankt allen Institutionen und Personen für die Abdruckerlaubnis. Bilder, deren Quelle hier nicht eigens aufgeführt wird, entstammen dem Archiv der Autorin. In wenigen Fällen konnten die Rechteinhaber nicht ausfindig gemacht werden. Sollte eine Quelle nicht oder nicht vollständig angegeben sein, bittet der Verlag um Hinweise.

Die Deutsche Bibliothek verzeichnet diese
Publikation in der deutschen Nationalbibliografie;
detaillierte bibliographische Daten sind
im Internet unter http://dnb.ddb.de abrufbar.

1. Auflage 2008
© 2008 by **mare**buchverlag, Hamburg
Alle Rechte vorbehalten,
auch das der fotomechanischen Wiedergabe

Umschlaggestaltung
Nadja Zobel / Barbara Stauss, Zeitschrift **mare**, Hamburg
Typographie und Einband
Farnschläder & Mahlstedt Typografie, Hamburg
Schrift Stempel Garamond Pro
Druck und Bindung CPI – Clausen & Bosse, Leck
Printed in Germany
ISBN 978-3-86648-078-0

Von **mare** gibt es mehr als Bücher:
www.mare.de